너무　솔직해서
비밀이
많군요

손현녕

* 제목은 권나무님의 <솔직한 사람> 가사 중
  일부를 차용했습니다.

손현녕 산문집

"당신은 너무 솔직해서 비밀이 많군요?"

노란색 종이에 꼬박 1년을 기록한 일기가 이렇게 또 세상에 나옵니다. 제가 살면서 마주한 솔직한 사람들을 떠올렸습니다. 그들은 하나같이 자신의 감정을 배반하는 일이 없었지요. 애써 감정을 숨기는 일도 없었고, 감정 앞에 시간을 훌쩍 미뤄 버리는 일도 없더군요. 그래서 스스로를 속이는 법이 없는 그들을 동경하기도 했습니다.

저는 도망을 다닙니다. 왜 네 자신을 항상 마지막에 두냐는 친구의 말이 맞을지도 모르겠어요. 제 기분이 나쁜 것은 가장 나중에 처리할 일이고, 당장 눈앞에 있는 상대방을 헤아리지 않으면 우리 관계에 금이 갈까 언제나 노심초사했으니까요. 어디에도 저는 없었습니다.

　사라진 나, 가장 마지막에 놓인 내가 갈 곳 잃어 헤매고 있을 때 그 소리를 아무런 대꾸 없이 다 들어준 것이 바로 종이였습니다. 아무도 들여다보지 않는 종이 앞에서야 그들처럼 솔직해질 수 있었지요. 종이 위에서 한참을 울기도 하고, 그 앞에 좌절하며 분노하기도 했습니다. 하지만 이따금씩 쓰는 행위만으로도 마음을 어루만져 줄 수 있었습니다. 그렇게 '솔직한 나'를 담은 글을 다시 하나하나 소리 내어 읽어봅니다.

　아니, 저는 정말 이 종이 위에서 솔직했을까요? 솔직해지려 노력한 만큼 비밀이 더 크게 늘어난 것은 아닐까요. 이 책은 감정과 사고의 단상을 그대로 옮겨 적은 글입니다. 하지만 그 안의 진짜 마음은 여전히 드러나지 못하고 있는 것은 아닐까 의구심이 듭니다.

　그렇다면 제가 동경해 마지않았던, 솔직함이 무기인 그들 역시 어쩌면 너무나 솔직해서 비밀이 많은 사람들일지도 모르겠습니다. 저마다 비밀은 하나쯤 가지고 사니까요. 비밀을 들키지 않기 위해서 오히려 솔직함을 가장하여 살아가는 것 아닐까요.

저는 오늘도 가장하며 씁니다. 비밀을 가장한 솔직함으로 글을 씁니다. 저의 솔직함을 읽으시는 여러분에게 한 번쯤 제 비밀이 탄로 나면 좋겠습니다. 제 비밀을 누군가 꺼내 들고 이야기해주면 좋겠습니다. 너 이만큼씩이나 비밀을 안고 사느라 많이 버거웠겠다고요. 단 한 사람에게라도 서로의 비밀을 안아주는 솔직한 책이 되기를 바랍니다.

2021. 08.
손현녕

/ 목차

조금 울적한 것도 내 인생의 일부라고 생각하면 편하다. 염세적인 동시에 회의적인 관점에 가깝다. '행복'은 뜬구름 잡는 이야기처럼 느껴질 때가 많았는데, 아마도 눈에 보이지 않고 잡히지 않는 모호한 무엇으로 존재하기 때문일 것이다. 살다보면 종종 대화 끝에 꼭 '행복하세요'를 말하는 '행복병'에 걸린 사람들을 만난다. 이 정도면 행복강박증이 아닌가 할 정도로 그들은 신기루 같은 존재에 집착한다.

우리가 자주 이야기하는 것들을 살펴보면 나에게 결핍되어 있어 충족되길 바라는 것들이 숨어 있음을 알 수 있다. 온 관심이 돈에 가 있는 사람일수록 돈 버는 방법이나 주식, 부동산 이야기를 자주 이야기하는 것처럼. 행복 역시 그런 관점에서 스스로를 불행하다 여길수록 '행복'에 대해 더 많은 이야기를 꺼내는 것일지도 모른다. 대체 행복이 무엇인지, 자기 자신이 행복한 순간순간은 언제인지 알아차리지 못한 채 말이다.

모든 것에는 <기본적>으로 마련된 상태가 있다. 인간은 처음부터 어떤 상태에 놓여있는 존재일까. 과연 우리의 기본적인 감정은 행복에서 시작되었을까. 그렇지 않다는 것을 빨리 알아차릴수록 오히려 행복을 자주 느낄 수 있지 않을까.

비관적이고 부정적인 사람이 아니라 수용할 줄 아는 사람이 되면 좋겠다. "원래 세상에는 좋은 일도 있고 나쁜 일도 있어. 나에게 일어난 이 일은 내가 실패한 사람이라서 그런 게 아니라 원래 인생이 그런 거라서 그래." 원점은 행복이 아니라는 것을 빨리 안다면 우리는 그 함정에서 빨리 빠져나올 수 있지 않을까.

우리는 자기 생각과 감정을 추적하는 연습을 해야 한다. 지금 여기에서 느끼는 감정과 아무 생각 없이 내뱉어지는 말의 이유를 생각해 본 적이 있는가. 예를 들어 친구와 열띤 대화를 나누던 중, 우연히 눈에 들어온 손등 피부의 색이 그날따라 유난히 하얗게 느껴졌다. 그래서 대화 중에 "어? 팔이 왜 이렇게 하얗지? 아 미안, 아니 그래서.." 눈에 들어온 것을 이야기하고 우리는 다시 대화 주제로 돌아갔다.

이런 식의 대화 양상, 우리 생활 속에 무수히도 많지 않은가. 시답잖고 아무 의미 없을 거라 생각하지 않았나. 하지만 그렇지 않다. 그 사소한 느낌과 감정을 불러일으킨 다양한 상황과 이유가 있을 것이다. 문득 내 손등이 하얗게 느껴진 이유는 첫째, 내 앞의 그 친구가 유독 까만 피부를 가져서 내 피부와 대조되어 하얀 피부가 눈에 들어왔을 지도 모른다. 둘째, 우린 그때 소설 <안나 카레니나> 이야기를 하고 있었는데 결말의 하얀 설원이 머리에 스쳐지나가면서 내 하얀 피부가 눈에 들어왔을 지도 모른다. 셋째, 그리고 또 네 번째 이유도 있을 것이다. 나는 이 수많은 이야기 중에 왜 그 이야기에 빠지게 되었을까, 이 수많은 사람 중에 왜 그 사람과 친해지게 된 걸까. 이렇게 그 사고의 끈을 추적해가다보면 숨어있던 또 다른 나를 마주할 수 있을지도 모른다. '내가 왜 그런 생각을 할까. 왜 이 감정을 느끼는가' 물음을 던지고 다양한 가능성을 찾아가며 '나'는 그렇게 만들어지는 것이다.

갓난아기가 제대로 걸음마를 하기까지 몇 번의 엉덩방아를 찧는지 아는가? 대략 이천 번 이상 넘어져야 세상을 딛고 첫걸음을 뗄 수 있다. 태어난 지 십이 개월 밖에 안 된 나는 이천 번의 실패를 딛고 두 발로 걷기에 성공했다. 자그마치 이천 번이다. 한 살만도 못한 서른의 삶을 산다. 이천 번의 용기는 어디로 갔을까. 이제는 한 두 번의 실패에도 지레 겁을 먹고 도전을 두려워한다. 한 살 쟁이 아기는 넘어지는 게 아프지 않아서 다시 걸음마를 뗄 수 있었을까. 생각이 많으면 고달프고 상상력이 풍부하면 괴로운 법이다. 가끔은 아무 생각 없이 몸을 내던지고 싶다. 될 때까지 넘어지고 실패해도 또 다시 일어설 용기가 자라면 좋겠다. 몸만 자라버린 어린이 같아서, 또는 아직 엄마 뱃속을 유영하는 늙은 태아 같아서 스스로를 원망한다. 이천 번의 실패도 이겨낸 '나'라는 걸 잊지 말자. 한 살보다 튼튼한 몸과 마음의 근육을 가지고 있으니 다시 넘어지고 찢어보면 좋겠다.

 ‘이번 버스 꼭 타야하는데’ 하고 달려갔지만 결국 버스를 놓쳤다. 하는 수 없이 다음 버스를 탔는데 한 번쯤 우연히라도 보고싶었던 사람을 만났다. 잘 지냈냐고 서로의 안부를 묻다보니 앞서 놓친 버스에 되려 고맙기까지 했다.

 ‘왜 나는 이렇게 더디게 갈까, 왜 나는 한 번에 성공하는 일이 없을까’ 아쉬움에 목 메인 적이 많았다. 돌아보면 그때 그것을 흘려보냈기에 지금의 것을 쥘 수 있었던 것 아닌가 싶다. 그때 그곳에서 날 밀어냈기에 지금 여기서 당신을 만날 수 있었다. 그때 그 일이 성사되지 않아서 이렇게 좋은 사람들과 함께 일을 하게 된 것이다.

 놓친 것에 대한 아쉬움을 느끼고 있는가? 그렇다면 곧 다가올 새로운 인연을 기대해도 좋을 것이다. 세상에 영원히 기뻐할 일도 끝까지 슬퍼할 일도 없다. 가끔은 놓쳤다고 다 잃은 것이 아니니 하나를 보내고 열을 얻을지 모른다는 설렘으로 살아도 좋을 것이다. 삶을 관조하자. 멀리서 바라보면 별 것 아닌 일들 투성이다.

"할 수 있는 만큼만 하라는 말" 이게 무슨 말인지. '세상 편한 소리 하네' 싶었다. <적당히>만큼 세상에 어려운 게 없다. 잘하고 싶고 인정받고 싶고 스스로 실망하고 싶지 않으니 <적당히>에 머물 수가 없었다. 그런데 이상하게 요즘은 그런 욕심이 나질 않는다. 그냥 대충 여력 되는대로만 하자. 못하면 못하는 거지 뭐. 책임질 수 있는 선 안에서 적당히 하자. 인정의 욕구가 아무리 원초적 본능이라 해도 나를 갉아먹기 시작하면 의지로 꺾을 수밖에. 그래야 내가 사니까. 조금 못해도 된다. 뻔뻔함이 갖춰져야 편하게 사는 세상이다. 남이 날 알아주지 않아도 빛나지 않아도 욕을 들어 먹어도 그냥 할 수 있는 만큼만 크게 용쓰지 말고 대충하자. 결과로만 이야기하는 세상에서 멀리 내다보면 생각보다 크게 바뀌는 것 없다. 그러니 적당히, 적당히, 적당히 하면서 나를 돌보는 일에 에너지를

쏟기로 하자. 내가 좋아하는 일, 내가 가슴 뛰는 일, 그런 것
들로 시간을 채우는 것이 나도 좋고 남도 좋다.

　긍정적으로 사는 게 아니라 해탈해서 사는 거다. 무조건 좋은 방향으로 생각하기엔 내가 지은 죄가 너무 많고, 서로에 대한 불신은 뿌리 깊다. 모든 것은 한 끗 차이다. 한 걸음 차이란 말이다. 한 발 내미냐, 못 내미냐에 삶의 방향이 달라진다. 무한히 긍정하는 것은 겉과 속이 다른 세상에 "날 물어가시오"하고 생목을 내놓는 것일지도 모른다. 그래서 수많은 밤을 지새우고 눈물 훔치다 결국 우리는 초월해버린다. 내 마음만 편하면 사실 그만이다. 남을 미워하면 나만 힘들다. 누굴 미워하고 신경 쓰면서 스트레스 받는 건 결국 '나'다. 그래서 우리는 저마다 각자 이유를 찾아야 한다. 해탈은 별 게 아니다. 세상은 원래 이런 것이라는 걸. 그러므로 남에게 향하는 반응과 관심을 모두 '나에게' 돌려야 한다는 것을 아는 순간 찾아온다. 고요히 마음을 닦는다. 머리보다 가슴으로, 진실로 깊어지고 싶다.

탄력적으로 살아야 한다. 쓰러지고 넘어져도 금방 일어날 수 있는 삶이 더 좋다. 쓰러지지 않으려 애쓰고 넘어지면 큰일이 날까 용쓰며 사는 건 솜뭉치를 이고 물에 들어가는 꼴이다. 그 무엇에도 흔들리지 않으며 나만의 심지가 곧은 인간이고 싶었다. 이제라도 깨달아서 다행일까. 곧은 것은 부러지기 쉽고 자기만의 틀에 갇히기 쉽다. 그러니 잘 휘어지지만 금방 내 자리로 돌아오는 삶을 살고 싶다. 같은 이치의 이야기인데 우리는 대부분 아프지 않기를 바란다. 그런데 살면서 단 한 번도 아프지 않을 수는 없으니 사실 우리가 희망해야 하는 것은 아프지만 빨리 회복할 수 있는 능력일지도 모른다. 엇비슷한 내용 같아도 마음에서 작용할 때 확연히 다른 결과를 가져올 것이다. 기를 쓰고 버티려 하기보다 넘어졌을 때 잘 일어날 수 있으면 좋겠다. 넘어질 수 있고 망하고 실패할 수도 있다. 살

다보면 아픈 날도 수차례 올 것이다. 그때마다 '회복력'이 내
삶을 구원해 줄 힘이 되리라 믿는다.

사람들은 어서 빨리 답이 내려지길 바란다. 이것도 저것도 아닌 그냥 두고 보는 시간들을 견디기 어려워한다. 불안하니까. 뭐라도 알아내고 스스로 해야 할 것이 있으면 그걸로 위안 삼을 수 있으니 말이다. 그렇다면 그가 받아든 그 답이 진짜 정답일까. 아니, 세상에 답이라는 게 존재하긴 할까. 조금만 생각해보면 알 수 있다. 모든 답은 시간이 지난 후에야 "아, 그때 그게 답이었어." 라고 알 수 있다는 것을. 즉, 우리 모두는 과정 속에 놓여 있을 뿐, 결론은 이미 지난 것들을 두고 내리는 힘 빠진 회상이라는 것이다. 그래서 자꾸만 답을 찾으려 하지 말아야 한다. 불안으로부터의 도피일 뿐이다. 답은 애초에 없는 것이다. 차라리 묻는다면 "너는 왜 답을 얻으려 하니"라는 질문이 더 도움 될지도 모른다. 편안해지고 싶다면, 자책을 줄이고 싶다면 한 걸음만 물러나서 상황을 관조하자. 천천히 두고 보면서 스스로에게 말을 걸자.

히 두고 보면서 스스로에게 말을 걸자.

"너는 왜 그렇게 바보같이 사느냐"라는 이야기를 참 많이 들었다. 착하고 여려서 서른 줄이나 먹고 질질 울기나 한다고. 그렇게 살면 안 된다며 나를 다그치더라. 지나치게 착한 건 이 세상에서 바보로 통한다고. 손해 보면서 날선 모진 소리를 듣고도 가만히 있는 모습이 답답하다고 그러더라. "이건 다 너를 아껴서 해주는 말"이라는 한 마디도 어김없이 덧붙였다.

여운이 참 오래갔다. 정말 잘못 살았을까. 남의 눈에 비치는 내 모습이 저리도 바보 천치같을까. 그러다 문득 저것 역시 폭력이라는 생각이 들었다. 대체 잘 사는 건 무엇이며, 울어도 되는 나이라는 게 따로 있나. 득달같이 싸우자 드는 사람 앞에 날 세우며 같이 싸우는 것보다 침묵하는 것이 오히려 더 어렵다는 걸 너는 알까. 한 번 더 나아가 생각하고 내린 결정이

침묵이란 걸 말이다. 바보처럼 사는 것, 강인하게 사는 것, 그
것들의 정의는 누가 어떻게 내리는 것일까. 어지러운 밤을 걷
는다.

축구 경기장 관중석에 앉아 경기를 본다고 생각해보자. 멀찍이 떨어져있어 한 눈에 선수들의 움직임이 들어온다. 그래서 우리는 "왜 똑바로 못하냐, 수비를 저렇게 밖에 못하냐." 화도 내고 답답해한다. 그런데 경기장에 뛰고 있는 선수들은 당장 옆의 상대선수와 몸싸움을 하며 공을 사수하느라 전체를 볼 겨를이 없다.

때로는 '내 인생'이라는 경기를 직접 뛰기보다 제 3자의 관중이 되어 전체를 바라볼 줄 알아야 한다. 우리가 축구 경기를 보며 궁금하고 의심했던 부분들을 똑같이 흘러가는 인생에 대입해서 질문해야 한다. 인간을 가장 인간답게 하는 가장 기본이 무엇인지 아는가. 바로 <의심>이다. 자의식을 가지고 의심하지 않으면 맹목적 믿음에 빠져버린다. 마치 사이비 종교에 빠지듯이.

다시 내 인생의 경기로 돌아와 관중석에 앉는다. 흐름을 지켜본다. 의심하고 또 의심하며 전체를 관망한다. '저렇게 하는 것이 앞뒤를 보았을 때 과연 옳은가. 왜 그런 말과 행동으로 다음을 그르치는가.' 끝없이 의심하고 관망해야 한다.

구걸하지 않아도 늘어나는 신뢰, 서로를 챙기며 애쓰는 배려의 마음. 그 마음이 통하는 사람들로 주변을 채운다. 단 한 명일지라도 말보다 행동으로 고마움을 전한다. 왠지 자신을 낮추는 사람 앞에 서면 내가 더 낮아져야함을 느낀다. 서로가 가진 낮음의 높이가 같아지면 그제야 통한 마음을 확인하고 신뢰를 쌓아간다. 천천히, 한걸음씩 서로가 깊어진다.

반면 상대가 날을 세우고 가식을 부리는 모습이 눈에 들기 시작하면 그 모습이 더욱 크게만 보인다. 과거의 나는 그들과 함께 날을 세웠다. 나의 틀 안에서 해석하고 그 틀 안에 구겨 넣어지지 않으면 제멋대로 재단했다. 그 끝은 불신과 파멸, 그리고 자멸. 이제는 자멸하지 않으려 애쓴다. 단단했던 틀도 조금씩 바스러뜨리고 타인을 향한 관심을 오히려 나에게 돌린다. ‘나는 그 사람을 왜 그런 시선으로 볼까’, ‘그래. 내 자리에서, 이 관계에서 내가 할 일과 도리를 다 하자. 먼저 그것부터 하자.’ 신뢰란, 나 혼자 쌓을 수 있는 것이 아니다. 그러나 신뢰를 쌓아갈 준비가 나부터 되어 있는지 묻는 것이 첫 번째다.

　마지막이라는 말은 속이 시원할 때도 있겠지만 결국 지나고 보면 참 슬픈 단어일 때가 많았다. 마지막이 되어서야 아쉬움을 느끼는 것은 마지막 남은 과자 하나도, 마지막으로 약속한 만남, 그리고 마지막으로 읽는 글 한 편쯤이 되었다. 마지막이 있다는 말은 거슬러 올라가 처음이 존재한다는 말이다. 처음의 설렘과 기대를 안고 시작한 일이 마지막에 이르러 뿌듯함과 시원섭섭함으로 남는다면 그 일은 적어도 실패한 일이 아니라는 반증일 것이다. 책을 내겠다는 일념에 처음 글을 쓴 날과 드디어 인쇄소에 원고를 보내기 전 마지막 글 작업을 할 때, 연인과 첫 데이트로 설렘 가득했던 날과 다시는 만날 일 없음을 직감한 우리의 마지막 헤어지는 날. 처음으로 얼굴도 모르는 소수의 몇 분들께 개인적인 이메일을 써서 보내던 날과 그 이메일의 마지막을 장식하는 날. 수많은 처음과 마지막

이 반복되고 혼재하지만, 그리 슬픈 마무리도 또 그리 들뜬 시
작도 없이 언제든 그 마지막이 다시 처음이 될 수 있기를 바라
며 오늘의 마지막을 마무리한다. 내일 아침은 또 새로운 시작
이고, 마지막이 있기에 또 무언가 다시 시작될 수 있다는 것을
서서히 알아가는 나에게 마지막이란 것은 무조건 슬프기만한
것은 아니므로. 마지막은 즐거운 축제처럼 잘 보내주어야 한
다는 것을 이제는 조금씩 알아가고 있으므로 편안히 이 순간
을 보낸다.

"어디서부터 이야기를 해야 할까. 긴 터널을 지나고 있는 너에게 곧 끝이 보일 거라는 말로 위안이 되고 싶지는 않았어. 어차피 그 터널을 나오면 멀지 않아 또 다른 터널의 암흑 속에 던져질테니까. 하지만 너는 알게 될 거야. 터널을 여러 개 지나다보면 곧 목적지에 가까워 있다는 걸. 출발 할 때 정해둔 목적지와 다소 다를 수 있겠지. 그래도 너와 나, 우리는 알고 있어. 중요한 건 목적지보다 그 여정 속의 성장, 성숙이란 걸.

글을 쓰는 나에게, 무엇이든 결과가 중요하니 당장 안정적인 돈을 벌어오라는 주변의 압박이 목을 죄어왔어. 넌 기억하니. 잘 하고 있으니 지금처럼만 하라고 날 다독였던 너의 말. 너와 나, 우리는 모두 각자의 터널을 지나는 것뿐인데 의미는 무엇이며 결과는 다 무엇일까.

다만 내가 잠시 터널을 빠져나와 햇살을 맞을 때 터널 속 너에게 나의 여유 조금과 따스함 그리고 시간을 내어 줄게. 같이 걷자 우리."

모든 것이 다 짜증나고 불평, 불만이 늘어날 때가 있잖아요. 가령 "행복은 멀리 있지 않아요. 내가 먼저 웃어보아요. 미소를 지으면 행복해져요." 라고 적힌 문구를 보는데, 속에서 불쑥 '지랄하네'가 툭 튀어나와요. 이렇듯 '너 지금 진짜 꼬였구나?' 싶은 때가 있잖아요. 그럴 때마다 전 정말 모르겠어요. 어제 기분 다르고, 오늘 기분 다른 거 알겠는데 이런 제 감정 기복을 보고 우리 할머니는 미친년이 널뛰기하는 거라 하시는데 말이에요. 이 널뛰기를 이제 그만두고 싶은데 그것도 관성이 붙어서 내려오기가 쉽지 않아요. 혹시 갑자기 땅에 닿기가 무서운 건지도 모르겠어요. 아, 그러고 보니 널뛰기는 혼자 하는 게 아니잖아요? 맞은편에 무엇이 앉아 무게를 주고 있는지 봐야겠어요. 그게 핵심인데, 흐리고 안개가 자욱하니 그마저도 보이지가 않아요.

우리 시소를 생각해볼까요? 시소를 타다가 내려야 하는 때가 오면 우리는 어떻게 했었나요. 무게를 더 실어서 내 쪽으로 기울이면 내리기가 좀 더 쉽지 않았나요. 날 향한 믿음으로, 좋은 책으로, 영화로, 음악으로 좋은 사람과의 대화로 그리고 자신감으로 나에게 무게를 실어볼까요. 아, 아니면 반대편을 다 털어 버리는 방법도 있겠어요. 한 번 시도해볼까요.

모든 변화에는 불편함이 따른다는 걸 안다. 아무렇지 않게 몸도 마음도 편한 채로 달라질 수는 없다. 다이어트를 하거나 멋진 몸을 만드는 과정에도 귀찮음, 배고픔을 이겨내야 하는 불편함이 함께 따르니 말이다. 당연한 이치인데 편하게 변하고자 하는 것은 지나친 자기기만이자 욕심일지도 모른다.

나는 내 세계관을 바꾸고 싶었다. 그러기 위해 나와 다른 사유체계를 가진 사람과 끊임없이 대화하며 그 사람과 닮아가려 노력했다. 그런데 평생 해보지 않은 사고방식 앞에서 내 머리는 늘 멍하게 사고하는 일을 멈춰버렸다. 언어로는 해석되지만 이해가 가지 않고 마음에 와 닿지 않았다. '이런다고 정말 변하기는 하는 걸까? 뭐라는 거야 대체.' 나의 뇌와 마음은 여전히 불편함 속에 갈피를 못 잡고 있는데 하루는 아주 사소한 대화를 하던 중 친구가 말했다. "어, 너 좀 변한 것 같은데? 예전엔 예민하고 날카로워 보였는데 요즘은 꽤 편안해 보여." 당신은 어떤 불편함 속에 사는가. 더 나은 변화를 위해 함께 그 불편을 견뎌보는 건 어떨까.

　백억 대 재산을 가진 부자가 당신 앞에 있다. 그는 이런저런 사정으로 융통할 돈이 없다며 궁핍하다고 하소연을 한다. 당신은 그에게 어떤 말을 해줄 것인가? 아니, 그 말을 듣고 당신은 무슨 생각을 가장 먼저 했을까. 콧방귀를 뀌며 '복에 겨운 소리하네, 참나 웃기시네'라고 말할지도 모르겠다.

　우리는 상대방이 무슨 이야기를, 어떻게, 어떤 의도로 표현하든 그 자체에는 크게 관심이 없다. 듣고 싶은 대로 들으며 해석하고 싶은 대로 해석하기 때문이다. 마음 안에 답을 만들어 놓고 대화하는 자리는 좋은 변화를 이끌어내기 어렵다. 내가 쥔 것을 놓아야 한다. 만들어 놓은 프레임을 깨부수고 다시 들어보는 것이다. 일반화만큼 무서운 것은 없다. 세상 모든 사연은 '개인적 일화'이다. 하나하나 개별적이고 특수한 것이다. 다시 돌아가서 '백억 대 부자는 어떤 개인적인 일로 궁핍하다 하소연 하는 것일까. 왜 그는 그 이야기를 나에게 할까.'에 집중해야 한다. 일반화, '부자는 나보다 돈이 많은데 배부른 소리하네. 있는 놈들이 더 하지' 라는 '다 그래'에서 벗어나 좀 더 가까운 개인에게 집중할 시간이다.

넘치는 사랑과 넘치는 슬픔 속에서 행복을 찾아야 하는 것이 우리의 숙명이라면, 나는 사랑과 슬픔의 깊이를 어디까지 감내할 수 있을까. 삶에는 빛과 그림자가 동시에 드리우는데 빛보다 그림자에 중심을 두니 빛은 한 없이 얇아 보이기만 한다. 어차피 떠나갈 사람이라 생각하면 조금 편안해질까. 내가 중심이어야 하는 이 작은 마음에서조차 많은 이들에게 자리를 내어주고 설 곳 없어 낭떠러지를 아슬아슬 걷고 있다. 갈수록 체력과 심력은 줄어가는데 약해지는 마음은 어느 것으로 단단해질 수 있나. 찾아도 찾을 곳 없고 불러도 듣는 이가 없다. 작은 아이로 돌아가고 싶다. 외로움을, 실패를 몰랐던 때로. 우울과 고독의 쓴맛을 모르던 그때로 돌아가고 싶다. 남보다 내가 우선이었던 작은 꼬마는 비난에 크게 굴하지 않았고 평가에 단단했으며 충고에 유연했으니까. 쉽게 흥미를

느끼고 호기심을 느꼈을 테니까. 시간을 돌려 꼬마를 다시 만
난다면 그 아이는 유약한 어른에게 말할 것이다. "언니 괜찮
아. 나랑 놀자."

인생에 다시없을 행운 앞에 선 사람도, 인생에 어떻게 이런 불행이 닥쳤을까 울고 있는 사람도 자기 인생이 이렇게 될 줄은 몰랐을 것이다. 바라고 염원해서 그리된 것도 아니고, 애써 피하려고 하다가 그리 된 것도 아니다.

배는 물 위에 떠다니며 항해해야 하는데 항구에 오래 있으려고만 하니 서서히 자기를 잃어간다. "남의 눈치 살살 보지 마시고, 무게 있고 정서적인 자기만의 줏대를 가지세요." 유독 그 말에 온 신경이 쏠리는 이유는 그에게 나를 들킨 것 같아서겠지. 나는 그의 말을 인정했다. 눈치를 살피는 꼴이란 굉장히 지질해 보이고 매력 없는 사람 같은데 말이다. 그런 점이 나름 타인에게 나를 잘 맞춰주는 장점일 수도 있다고 생각했었는데, 결국 남 좋은 일이었구나 싶기도 한 것이다. 오늘 내 하루를 어제의 내가 예상할 수 없었다. 당장 알 수 없어 답답한 이 시간들을 묵묵히 인내하는 연습을 하다보면 어느 날 배도 항구를 떠나 서서히 항해하겠지.

　지금은 위로의 시대다. 위로를 찾아다니고 위로에 반응한
다. 위로가 필요하고 또 위로는 소비된다. 위로에도 값어치가
매겨져 어떤 위로는 상상을 초월할 수준으로 팔리기도 한다.
단지 자본주의의 하수인 노릇으로 전락해버린 위로가 진짜 위
로인지 되묻게 된다. 유명 연예인은 말했다. "실패해도 괜찮아
요. 연예인으로서의 '나'가 잠시 넘어진 거예요. 딸로서의 '나'
친구로서의 '나' 엄마로서의 '나' 직장인으로서의 '나'는 나름
잘 해내고 있잖아요?" 우리는 이 위로에 반응했다. 매우 값어
치 있는 위로로 소비된 것이다.

　그런데 괜찮은 걸까? 딸로서의 나는 부족한 점이 많지만
작가로서, 교사로서, 강연자로서의 나는 잘하고 있으니 나름
괜찮다. 수긍이 간다. 그럼 이건 어떨까. 밖에서는 돈도 잘 벌

고 인간관계 좋은 호인인데, 집에서는 부모 자식을 나 몰라라 하며 폭력을 행사는 사람이라면 그건 어떤가. 그건 수긍이 가지 않는가. 결국 모든 것은 정도의 차이일 뿐. '진실'을 소외시킨다는 점은 변함이 없다. 진실은 눈감아버리자. 다른 것을 더욱 잘 해라. 이런 식의 위로. 정말 괜찮은 걸까. 자꾸만 소외되는 진실의 끝은 어떨까. 다중인격이 아닌 이상 우리는 여러 개의 자아로 분열될 수 없다. 이것도 '나' 저것도 '나' '나는 하나라는 사실. 소외되어버린 진실도 결국 나라는 것을 잊지 말았으면 한다.

사는 게 무엇인가 고민하니 떠벌려 놓은 것을 수습하고 책임지는 것 아닌가 싶었다. 매일이 책임의 연속이다. 저질러 놓은 것들의 약속을 지키고, 이고지고 짐을 어깨에 얹어서 걸어가는 모습니다. 강아지를 데려와 키우는 일도 강연을 약속한 일도 학교와 계약한 일도 심지어 돈을 지불하고 등록한 요가원까지. 그 모든 벌인 일들이 마치 깨부숴야만 다음 판으로 넘어가는 게임으로 여겨진다.

"분명 잘 살기 위해 벌인 일들이었는데, 그렇지? 어쩌다 책임져야 할 짐이 되어버렸니?" 내 안에서 일어나는 모든 일의 책임을 묻자니 그게 나밖에 없어서 나는 나를 탓하고 일을 탓하고 있는 모양이다. 이렇게 벌인 일을 수습하는 모양새로, 책임진 것들을 해결한다는 마음으로 일을 하니 영 결과의 질이 좋지 않다.

　그런데 또 한 편으로 그런 것이다. "저질러 놓고 도망가지 않았으니 잘 한 거야. 죽이 되든 밥이 되든 책임지려고 하잖아. 그 자체로 괜찮은데 더욱 잘하려는 마음 때문에 괴로운 것 아닐까?" 수 없는 고민들 그리고 갈등이 날 성장하게 한다는 걸 잊지 말아야 한다. 갈등 없이는 나아갈 수 없다. 책임지는 삶이라는 것. 그래서 괜찮은지 묻는 이 갈등 속에 분명 눈에 보이지 않지만 좋은 변화가 있을 거라 기대한다.

그간 나의 모든 시선과 관심은 남을 향해 있었다. 내가 뱉는 대부분의 이야기에는 '내'가 빠져있었다. "아니, 글쎄 오늘 강아지랑 산책을 하는데 맞은편에서 오던 아저씨가 내 강아지를 보더니 다짜고짜 욕을 했어. 근데 나 너무 당황해서 아무 말도 못했어" 이 말 속에는 내가 있을까. "우리 아빠는 나만 보면 늘 돈, 돈 거리셔. 왜 그러실까. 당신이 어렵게 살아오셔서 그런 걸까." 여기에는 내가 있을까.

거의 모든 이야기에 '나'는 없었다. 혹자는 이렇게 반문할 수도 있다. '그 속에 다 자기가 포함되어 있는 거 아닌가요?' 아니다. 대부분 우리는 마음 안의 호수에 누가 돌을 던졌을 때 퍼져나가는 물결에만 집중한다. 왜 물결이 이는지, 원래의 잔잔했던 호수는 어땠는지 바라봐야하는데 말이다. 대체 '나'

는 어디에 있나. '연인과 이별해서 슬퍼요' 왜 슬픈가? 어느 날 갑자기 하루아침에 헤어진 게 아닐 텐데 말이다. 헤어지기까지 내렸던 그 수많은 선택 속에서 '나'는 없었나? 모든 집의 자식들이 아빠가 돈, 돈 거린다고 해서 모두 짜증을 낼까? 문제는 아빠가 아니라 그 말에 반응하는 '나'란 말이다.

사는 게 녹록치 않다. 누구는 살기 어려워 생을 등지고 누구는 새 생명의 잉태를 만끽한다. 이 순간에도 많은 것이 죽고 태어난다. 어렴풋이 '윤회'라는 단어가 만져진다. 어디엔가 닿는 것만이 중요한 줄 알았다. 서울에서 부산으로 내려가는데 목적지인 '부산'에 닿으면 끝인 줄만 알았다. 끝없는 고속도로를 달리는데 도로공사를 하는 탓에 갑자기 도로가 좁아졌다. 예정에 없던 일이라 당황하며 속도를 줄여야했다. 또 조금 가다가 화장실이 가고 싶거나 배가 고프면 휴게소에 들렸다. 분명 목적지도 중요하지만 지금 그리고 여기, 이 순간의 내가 어떻게 내려가고 있는지도 중요했다. 목적지는 언제든 바뀔 수 있고 도착 예정 시간 역시 변수가 있을 수 있다. 어떤 형태로, 어떤 방식으로 살아가고 있는지가 중요한 것이다. 수월치 않고 녹록치 않지만 그래도, 그럼에도 하나씩 풀어가

며 유영하듯 헤쳐 나가보면 생각했던 목적지보다 더 좋은 곳
에 도착해 있을 지도 모르는 것이 우리 생이니 지금, 여기의 나
와 함께 걷자.

'입에서 나온다고 다 말이 아니다.' 라는 다소 과격한 문장을 나는 사랑한다. 상대가 내게 하는 말속의 저의를 짚어내느라 가끔 혼돈의 상태에 빠지기도 한다. 아무 의도 없이, 생각나는 대로, 좋은 뜻에서 이야기를 한다 하더라도 상대의 기분을 상하게 했다면 문제가 될 수 있다고 생각한다. 모든 소통은 받아들이는 사람의 감정도 고려되어야 하기 때문이다. 때로는 '네가 너무 예민한 거 아니야?' 라는 이야기를 들을 때도 있다.

'예민함' 은 흠일까? 나는 예민하기에 남의 친절을 빠르게 알아차리고, 예민하기에 상대에게 더 말을 조심해서 내뱉는다. 반대로 예민하기에 상처받고 숨어버린 적도 많다. 조소 섞인 그 한마디. '글 써서 한 달에 30만원은 버니?' 라는 말. 웃으며 대처하지 못하고, 말로 되받아칠 힘도 없던 나는 그대로 그 말에 눌려 곤두박질 쳤다. '글 쓰는 일이 얼마나 힘든데! 당신이 알기나 해?' 라는 마음이 번져서 곧 나를 갉아먹기도 했다.

내가 그때 무슨 말을 해야 했을까. 웃으며 넘기지 않고 같이 상처 주는 말을 했었어야 하나 오래 고민했다. 그러다 문득 이런 생각이 들었다. 말의 힘, 미소의 힘. 나의 내면부터 잘 다져지면 그 속에서 나오는 말들이 나를 저절로 지켜줄 수 있지 않을까. 뒤죽박죽 나오게 되는 말을 집어넣고 굳이 꾸미려 하지 않은 채 나의 입장을 이야기 한다. 이러한 부드러움은 강단 있게 나의 입장을 표현하는데 큰 힘이 될 것 이다. 우리는 모두가 강하되 배려있는 사람이 되어서 말의 힘과 무게를 올바르게 사용할 수 있어야 한다.

024

나 정말 잘 흘러가고 있는 걸까. 어디에 가서 닿을 수 있을까. 너무 순간만 쫓으며 사는 건 아닐까. 아무 것도 준비되지 않은 채 폭풍우라도 맞으면 나는 그 자리에 폭삭 주저앉아 버릴까. 그때 나는 누군가에게 의지하지 않을 수 있을까. 그때 가서 가족이나 친구에게 손 내미는 거, 그것만큼은 하고 싶지 않은데 겁이 난다. 서로 돕고 사는 거라지만 누군가 날 돕는 일이 짐짝처럼 느껴질까봐. 시간을 들이는 일이 귀찮고 아깝게 여겨져 그게 그들에게 피해를 주는 일은 아닐까 염려스러운 것이다.

때때로 내일이 궁금하지 않지만 그래도 산다. 살아가고 있다. 그래서 삶의 목표나 지향점이 있으면 조금 나을지도 모르겠다. 당신은 목표가 있는가. '돈이 많으면 좋겠어.' '나는 노래를 잘 부르고 싶어.' '난 옷을 잘 입고 싶어.' 등 다양한 형태의 목표들이 있을 것이다. 우리는 무의미와 무기력 속에 어떤 목표를 가지는 것이 좋을까. 돈, 명예, 가창력, 패션 등 순간적인 가치를 목표에 두기보다 조금 더 영속적인 가치, 영원한 것을 목표로 삼아보면 어떨까. 변하지 않는 영속적인 가치에는 무엇이 있을까.

025

"부조리하고 불공평한 거야. 음악하시는 엄마와 학자이신 아빠 사이에 태어나 기본적인 의식주 걱정 없이 많은 것을 갖추고 사랑받으며 멋진 작가가 된 그녀. 칼을 들고 방문을 긁어대는 엄마와 매일을 술에 절어 알콜 중독자로 집에 불을 지르는 아빠 사이에 태어나 뭐라도 해보려 양말을 팔러 다니는 또 다른 그녀. 물론 속속들이 행복을 비교할 수는 없지만 기본적인 것조차 보호받지 못하는 사정들을 볼 때 인생의 부조리함을 말할 수밖에 없어. 그래서 억지를 부려보는 거야. '전생에 지은 업보야. 내가 지은 죄가 많아서 그래.' 그런데 이렇게 생각하면 마음이 편안해질까. 마음이 편해지면 상황이 달라지냐는 말이다. 이미 시작된 거야. 요샛말로 노빠꾸야. 중간에 내리거나 계속 가거나 둘 중 하나인데 계속 가다보면 희한하게 생각지 못한 선물을 만나기도 해. '내 인생에 이런 기회

가?’ 또는 ‘이렇게나 좋은 사람을 만나다니?’ 하는 선물 말이
야. 그러니 그냥 계속 가봐. 더 큰 일로 만들지 말아. 하나의
문제가 너 전체를 집어 삼키게 두지 마. 부조리함에 모든 걸
포기하지만 말아.

026

미래가 불안하고, 사랑받지 못할까 두렵고, 하고 있는 것들이 실패할까봐 주저하는 이유는 어쩌면 남아있는 시간이 많다고 착각하는 때문일지도 모르겠다. 남아있는 시간이 불행할까봐 염려하는 것은 마치 깊이를 알 수 없는 심연에 빠진 것과 비슷한 기분일지도 모른다. 사고로 죽든, 지병으로 죽든 혹은 천수를 다한다 해도 우리는 주어진 시간이 언젠가 끝이 난다는 사실을 자주 잊고 산다. 시간은 흐르고 한 생명에게 주어진 시간은 반드시 정해져 있다. 끝이 있다는 것을 매 순간마다 의식하고 산다면 그것 또한 괴로울 것이다. 그러나 지금 이 순간 숨이 쉬어지지 않을 만큼 고통스러운 시간이 영원히 계속될까 두려워하지는 않아도 될 것이다. 우리에게 남아있는 날들이 하루일지 일주일일지 또는 10년일지 4,50년이 될지는 알 수 없다. 내게 남은 시간을 어떻게 살아 내야 할지 많은 생각을 한다.

　나의 지난 시간은 늘 조급했고 무엇 하나 이루지 못했다는 자괴감에 잠시도 자신을 편안하게 두지 않았다. 뒤만 돌아보다 정작 흘러가는 그때 그 순간을 슬기지 못했다. 손가락 사이로 빠져나가는 모래처럼 흘러가는 시간을 과거의 후회에 갇혀 내버려 둔 것이다. 현명한 노인들은 자식들과 자주 웃고 맛있는 것을 먹고 당신이 좋아했던 작은 것들을 옆에 놓아둔다. 지나온 것들을 가슴 치며 아쉬워하는 이에게는 남은 시간은 이미 없는 것이나 마찬가지다. 더 이상 살아있는 시간이 아니다. 더운 날 냉장고에서 꺼낸 차가운 보리차를 마시며 느꼈던 만족감처럼 아주 작은 행복이라도 모이면 큰 것이 될 것이다. 잠시 소풍 왔다 간다는 어느 시인의 말처럼 잠시 빌려 쓰는 시간 속에서 어느 것이 더 소중한 것인지 차분히 둘러보고 싶다. 남아있는 시간을 그렇게 보내려고 한다. 살아있는 시간을 보내고 싶다.

027

사람이 이렇게까지 화가 날 수 있구나. 화는 감정이다. 무엇으로 인해 화가 나는가, 화를 유발한 그 사건에 대해 나는 아무 것도 할 수 있는 게 없었다. 이 답답함은 머리에서 김을 뿜는 것 말고 해결방법이 없다. 가진 자의 무논리에 오히려 나는 왜 연줄이 없고 돈이 없고 빽이 없나 한탄을 늘어놓는다. 머리 꼭대기에서 김이 사라질 때쯤 내가 가장 싫어하는 나의 버릇이 기어 나온다.

무용론. '그게 다 무슨 의미가 있어. 그렇게 생각해도 결과는 같아. 생각해봤자 아무 의미가 없어.' 그럴 때 꿀밤을 딱 때려주고는 "왜 의미가 없어 이 자식아. 왜 화가 나는지, 뭐가 널 화나게 하는지. 다른 대상의 같은 상황이면 화가 안 났을지. 상황은 제쳐두고 대체 이 화나는 감정은 어떻게 다스릴 건

지 생각해보는 것만으로도 얼마나 달라지는 게 많은데.” 라고
외치고 싶다. 화와 더불어 두려움을 관리할 줄 알면 지금 그럼
에도 해야 할 일에 더 집중하고 있을 테지. 아버지는 이 순간
순간이 세상으로부터 때가 묻어가는 과정이라 하시는데, 때
묻지 않고 어른이 되기엔 여전히 흘려야 할 눈물이 차고 넘쳐
주체할 수가 없는 것이다.

오래 사람을 미워하는 일에는 엄청난 에너지가 필요하다. 사랑하고 좋아하는 감정보다 미움과 증오에는 수많은 가시가 돋아 있어서 끄집어 낼 때마다 내 마음에도 상처를 낸다. 그러니 고통스러운 것이다. 고통을 참아가면서까지 미움을 상기시키고 저주를 퍼부으려니 에너지가 여간 드는 것이 아니다.

많이 들어본 대사 중에 "소리 없는 총이 있으면 가서 쏴 죽이고 싶다"라는 말이 있었다. 감정은 순간적인 거라지만 한 번 빠져들면 갯벌에 빠진 다리 하나처럼 꼼짝달싹 할 수 없다. 궁리하고 궁리한다. 어떻게 하면 그 사람을 괴롭게 할 수 있을까. 가장 잔인하게 그 사람을 괴롭히는 방법은 뭘까. 나도 내 모습에 놀라며 악랄하고 기발한 아이디어를 쏟아낸다. 그 사람 집 앞에 죽은 쥐를 놔두거나 하는 무서운 생각들. "너

그거 그대로 돌려받아. 그러지마.”라며 엄마가 말한다. “요즘 그런 게 어디 있어. 사람들 보면 악하게 살수록 더 잘 살더라.” 한숨을 푹 쉬시더니 엄마는 말을 덧붙였다. “그래도 돌고 돌아 다 돌려받아. 그 사람 자식이 잘못 되든, 부모가 다치든. 일이 잘 안 풀리든 살다보면 자기가 지은 죄는 다 돌려받아. 그러니까 넌 그러지마.”

내적인 불안이 높을수록 외부에 적을 많이 둔다. 이것이 요즘 내 정서상태를 스스로 진단한 결과다. 인간은 내적 불안을 혼자서 해결하기 쉽지 않다. 그럴 때 주변에서 일어나는 안 좋은 일에 나의 불안을 함께 덮어 씌워 화력을 더하기도 한다. "옳다구나 잘됐다. 안 그래도 나 요즘 우울하고 답답하고 마음이 불안했는데, 실컷 욕하고 쏟아 낼 곳이 생겼네!" 아마 내 마음은 이렇게 말하며 신이 났을 지도 모른다. 화를 낼 곳이 생겼으니 잠시 불안에서 눈 돌려도 되니까. 오히려 조금은 다행이라 느꼈을지도 모르겠다. 지독한 복수는 눈이 멀어야 할 수 있는 것이다. 복수를 계획하면서 눈이 다 멀어 나를 갉아먹는 지도 몰랐다. 나의 '화'는 모두 그 사람 탓인 줄 알았다. 세상에, 그런데 내 화의 반은 그 사람으로 인한 것이지만 나머지 반은 나로부터 만들어진 것이더라. 내가 덜 불안하고 덜 우울했다면? 내가 고요한 호수 같았다면, 적어도 날 갉아 먹는 생각을 거기서 그쳤을 지도 모른다. 이럴 때일수록 더 집중해야 할 것은 외부가 아니라 '나' 자신이란 걸 알아간다.

나는 어떤 사람을 만나야 행복한지 내 주변을 돌아보기 시작한다. 인간은 사회적 동물이라 어쨌든 두루 어울리며 살아가는데 그 중에 어떤 사람과 무엇을 할 때 가장 편안함을 느끼는지 알아채는 것도 결국 내 센스이자 강단인 것이다. 이러한 고찰이 계속 지속되어야 하는 이유는 우리가 어느 한 순간도 변하지 않는 '고정'일 때가 없기 때문이다.

즉, 우리는 순간순간 변한다. 별로 달라진 것 없어 보여도 그때의 그 날과 비교하면 또 달라진 무엇이 있듯 나도 변하고 남도 변한다. 그래서 '인연'에 '시절'을 더해 불가에서 <시절인연>이란 용어를 사용하나보다. '시절인연'은 모든 인연에는 오고 가는 시기가 있다는 뜻인데, 우리 모두 조금씩 변해가면서 자연스레 떠나기도 자연스레 만나기도 하는 것도 같은

맥락이 아닐까. 지금 함께여서 행복하다고 미래까지 보장되는 것 아니고, 지금 안 맞고 괴롭다하여 미래까지 관계가 불투명한 것은 아니지 않나. 그저 이 시절 나에게 온 인연과 행복하게, 시절이 다할 때까지 몰입하는 것이 내가 할 수 있는 전부일 것이다.

 "당신의 그런 성격 정말 부러워요. 어떻게 하면 호수처럼 고요한 마음을 가질 수 있죠?" 누군가를 부러워해본 적이 있다. 그 당시 나는 왜 그 사람을 그토록 부러워했을까. 지금에서야 알아차린 건 내가 나를 너무도 몰랐기 때문이다. 나는 '나'를 모르고 들여다 볼 생각을 하지 않으니, 온통 내 눈에는 나보다 좋아 보이는 남만 눈에 들어온다.

 반대로 나를 잘 알고 자기 자신이 마음에 들면 더 이상 남을 부러워하지 않게 된다. 남과의 비교도 없다. 이것은 단순히 외적인 것의 문제가 아니다. 가슴에 뻥 뚫린 구멍을 알지 못하면 무엇으로도 허기를 채울 수 없으니까. 그런데 나를 아는 것이 먼저라 시작했는데 알면 알수록 자기 자신이 마음에 들지 않으면 어떻게 해야 할까.

신기하게도 알아가는 과정 중에 이미 나 자신과 정이 들기 마련이라 애착이 생길 것이다. 그리고 조금 별로인 부분은 또 수리하면 되니까, 그렇게 자기 자신과 미운 정, 고운 정 들다 보면 그 어떤 성인군자, 마음 넓은 사람이 와도 그들만큼 아니, 그들보다 썩 마음에 드는 '나'를 발견할 것이다. 나는 날 얼마나 아는가. 그것이 중요하다.

032

이렇게 사는 게 맞나 의심스럽다. 당장 부족한 것 메우려 하루하루 그리고 한 달을 살아내는 것이 불안하기만 하다. '다들 이렇게 살 거야.'라는 생각은 고통 뒤로 숨어버리는 어리석음이다. 가짜 위로에 속아 또 진실을 외면할 수 없다. 이 또한 어딘가로 흘러가는 과정 중 하나이고, 이 점들이 모여 내 인생의 연속체를 만드는 것이란 사실에 수긍하면서도 믿기는 어렵다. 해가 바뀌어도 많은 것은 그대로이고 그렇기에 지금 할 수 있는 걸 하는 것만이 최선인 걸 알면서 두려움을 떨치지 못한다. 그때 불현 듯 스치는 생각 하나. 아, 나는 불안해야만 하는 사람인 것일까. 불안을 찾아다니는 사람, 불만족을 바라는 사람. 늘 불만족이어야 하는 사람. 세상에 그런 걸 바라고 그런 사람이 있겠냐만은 생겨먹은 것이 그럴 수도 있으니까. 난 어떤 사람일까. 불안이 날 쫓아다닌 게 아니라 오히려 내가 불안을 따라 다니고 있는 건 아닐까. 만족하며 살 수 있는데 내가 불만족만 따라다니는 건 아니냐는 말이다. 깊이 나를 들여다보는 밤이 지나간다.

033

‘혹시나’ 하는 마음이 나를 엉뚱한 곳에 데려다 놓는다. 도박에 중독되는 이유를 아는가? 계속 잃으면서도 또 도박장에 향하는 발걸음의 이유를 아는가. ‘혹시나’는 판단력을 흐리게 하는 일등공신이었다. 그렇다면 왜 자꾸만 헛된 기대를 걸게 될까. ‘혹시 이번에는! 이번에는 다를 지도 몰라!’ 라는 어리석은 기대 속에 숨은 나약한 내 모습을 마주해야 한다.

나는 헛똑똑이 소리를 자주 듣는다. 속이 답답하면 점집을 찾았다. 답답한 마음 풀러 갔는데, 거금 쓰고 나오는 길은 늘 개운하지 못했다. 다신 안가야지! 다짐하고도 ‘혹시나’하는 마음으로 또 어딘가를 찾는다. 가만히 행동의 패턴을 보았다. 나는 왜 점집에 갈까. 듣고 싶은 이야기가 있어서 나도 내리지 못하는 내 인생의 확신을 남에게서 듣고 싶어서 그랬나

보다. 그리고 더 깊숙하게는 내 안에 궁극적인 답이 없어서란
것, 스스로에 대한 믿음이 부족함을 느끼게 했을 지도 모르겠
다. 어느 정도 자기 안에 답을 가진 사람들은 '혹시나'에 현혹
되지 않는다. "나를 더 믿어주어야지" 라고 말하고 있을테니
까.

　<자존감>이라는 개념이 우리 사회에 차고 넘치는 이유는 대부분 자존감이 없기 때문이다. 무슨 말인고 하니 가령 자유를 부르짖는 마을이 있다고 하자. 이 마을은 지금 상황이 어떠하길래 자유를 외치는 것일까? 당연히 그곳에는 자유가 없기 때문에, 자유를 너도나도 말하는 것이다. 만약 자유가 넘치는 사회였다면 애초에 '자유'의 개념이 없었을 지도 모른다.

　<자존감> 역시 마찬가지다. 자존감이 없는 사람은 자존감을 자주 이야기한다. 누군가 물어온다. "당신은 자존감이 낮나요? 높나요?" 여기에 낮다는 대답도, 높다는 대답도 모두 자존감이 없는 상태로 볼 수 있다. 정말 우리가 말하는 '자존감 높은 사람'은 애초에 자존감이란 개념에 무관심하기에 아마 이렇게 답할 것이다. "자존감이요? 음, 글쎄요."

자존감이 낮아 보인다는 이야기를 들었다고 가정하자. 당신 기분은 어떠한가. 혹시 기분이 나쁘다면 왜 그런 줄 아는가? 나에게 그 말을 하는 사람은 자존감이 높을 거라 지레짐작하기 때문이다. 이런 논리다. 작은 키의 두 친구가 있다. 한 명이 다른 친구에게 이야기 한다. "너 키 작아서 속상하지. 힘내." 그러면 그 말을 들은 친구는 '지도 작으면서 사돈 남 말하네.' 하고 기분 나쁘기보다 웃고 넘길 것이다.

그런데 만약 키가 아주 큰 친구가 매우 작은 친구에게 "너 키 작아서 힘들겠다. 그래도 파이팅!" 이라고 하면 그 작은 친구는 속이 부글부글 끓어오를지도 모른다. 자존감이 낮다며 서로를 비교하는 사람들, 자유가 없는 땅에서 자유를 외치듯 그들 삶에 가장 필요한 것은 자존감 아니었을까. 높은 자존감을 위해서 우리가 지향해야할 것은 내가 진짜 원하는 것이 무엇인지 아는 것이다.

035

몸이 아플 때 몸의 소리를 잘 듣는 사람. 몸 구석구석의 움직임을 잘 느끼고 어디가 불편한지 오래 관찰하며 길을 찾아가는 사람이 있다. 우리 마음도 똑같다. 깊이 관찰하고 내 마음을 내가 느껴야 변할 수 있다. 마음을 이리저리 써본다. 마치 몸처럼 말이다.

요가를 하는 당신은 매일 몸이 들려주는 이야기에 집중한다. '오늘은 어제보다 허리에 힘이 잘 들어가. 그런데 어제보다 손목에 부담이 느껴져.' 그럴 때 걱정보다는 그 사실을 내가 아는 것이 중요하다. 마음을 다시 이리저리 써 본다. 그걸 명상이라 부르고 싶다. 앉아서가 불편하면 누워서, 세상에서 내가 느끼는 가장 편한 자세로 마음을 본다. 잡생각도 왔다 가고, 욕심도 다녀가고, 가끔 쓸쓸함도 다녀간다. 그리고 괴로움도, 눈물도 지나간다. 그 끝에는 그런 나를 바라보는 '나'만 존재한다. 이 모든 것이 과정이리라. 이 모든 것이 끝으로 달려가는 과정이리라. 속절없는 것에 나를 낭비하지 말고 잠시 눈 감고 가만히 마음을 보다보면, 그럼에도 삶은 계속 되고 이 모든 것은 과정이라는 것을 피부로 느낄 때가 올 것이다.

036

"어떤 사람이 되고 싶으신가요?" 그녀의 질문에 약간의 뜸을 들여야 했다. 어떤 직업을 가진 사람이 아니라, 어떤 사람이 되고 싶은가에 대한 고민은 나름 깊이 있게 해왔다고 자부했다. 그래서 자신이 넘치는 대답을 할 수 있을 것 같았는데 막상 대답을 하려니 꿀 먹은 벙어리가 되었다.

"저는 어떤 일을 할 때, 중간성과나 타인의 평가보다 저 자신을 믿어주고 그 믿음으로 올곧게 나아갈 때가 많아요. 물론 실패할 때도 있고 좌절하고 무너져 뒷수습을 하느라 꽁무니 빠지게 힘이 들 때도 있어요. 그런데 저는 저를 믿어주는 제가 참 좋아요. 시간이 지나도 매순간 스스로 믿어주는 그런 사람이 되고 싶어요." 라고 대답한 후, 그에 나름 만족했다.

하지만 그럼에도 나는 자주 물음표를 띄웠다. 내가 원하는 것은 뭘까. 난 대체 뭘 원하는 사람일까. 그걸 잘 몰랐기에 여기저기 휩쓸리고 내 안의 답을 만들지 못했던 것은 아닐까. '어떤 사람이 되고 싶은가?'에 대한 답이 어쩌면 '내가 원하는 것'과도 연결되어 있는 건 아닌지 번뜩였다. 자기 확신. 나에 대한 확신이 아니었을까. 내가 원하는 것 말이다. 남의 말에 눈치 살피고 반응하는 것 말고, 세상과 남이 세운 기준과 평가에 기뻐하고 슬퍼했던 그런 모습이 마음에 들지 않았으니까. 나는 무엇을 원하고 있나. 삶을 살아가면서 원하는 것은 무엇인지 하나씩 찾아가며 만나는 희열은 또 내일을 살고 싶게끔 한다. 당신은 어떤 사람이 되고 싶은가. 그래서 당신이 궁극적으로 원하는 것은 무엇일까.

037

꽤 당돌했다. 선택과 동시에 나아감에는 가로막는 것 하나 없었다. 하고자 하면 해야 하고, 갖고자 하면 눈을 뜬 채로 밤을 새우고 가지려 했다. 추진력이 좋다고 하지만 밀고 나가는 힘 뒤에 뒤따르는 공허함과 쓸쓸, 헛헛함은 또 다른 욕구를 부르기에 충분했다. 이상하고 날 아프게 하는 굴레, 이상한 쳇바퀴였다. 선택을 미루고 싶다. 관계하는 많은 것들 속에서 내가 내린 선택이 날 아프게 한다. 인생은 선택의 연속이라는데 미루고 미루다 놓치면 그게 가져보지 않은 것에 대한 아쉬움이 될까봐. 탓을 돌리느라, 돌릴 수 없는 과거를 탓하느라 시간은 부질없이 흘러간다. 시행착오만 겪다 끝날 것 같은 삶. 선택과 후회의 극단에서 무거운 추마냥 춤을 추다 멈춰버릴 것 같은 삶. 중생의 고통, 이 중생의 번뇌에는 다함이 없다. 내가 다스려야 할 것은 선택에 앞서 충분한 시간을 가지도록 내 마음을 돕는 것. 그리고 선택 끝에 내려진 축복과 형벌은 고스란히 받아들이면서도 과거를 걷지 말 것. 나아가야 할 방향을 잘 잡아볼 것. 시행착오와 실수는 내가 살아있다는 증거라는 걸, 넘어질 때마다 줍고 일어나는 것이 있다는 걸 알아야 한다.

038

깜깜할수록 나 혼자 이야기를 나눈다. 아픔에 무뎌지는 건 나이가 들었기 때문이란다. 사실은 무뎌지는 게 아니라 무딘 척 해야만 하는 것이다. 바쁘고 정신없이 살아가니 주변에서는 서로가 탈 없이 지내는 줄 안다. 터놓지 않으니 속으로 더 검게 썩어가는 걸 모른다. 저마다 가슴 속에 언제 터질지 모를 시한폭탄을 안고 산다. 불안한 미래가 또 스치는데 이런 나에게 답을 주는 누군가가 없어서 무섭기만 하다. 달을 보는 횟수가 늘어나는 요즘 만나고 싶은 사람도 없고 그리워 할 사람조차 없어서 공허하다. 허벅다리에 멍이 제법 크게 들었다. 어디서 그런 줄 모르고 그저 푸른 멍을 쓰다듬고만 있다.

"정신은 어디에 두고 살아야 하나요. 머리에 두어야 하나요, 마음에 두어야 하나요. 마음이 귀한 사람이 되자고 했는데 대체 마음은 어디에 있나요. 마음이란 것이 존재하기는 하나요. 이 세상은 온통 머리로만 움직이는 걸요.” 하늘에 뜬 초승달이 우리 차를 따라온다며 아빠를 보며 환히 웃던 어린 내 모습은 여기에 더 이상 없다. 쉽고 가벼운 만남보다 깊이, 오래 만나는 사이가 더 어려운 것이라는 걸 알게 되어버린 지금의 나는 당장의 내일이 두려워 잠 못 든다.

039

이 세상에 내가 바꿀 수 있는 사람은 나밖에 없다. 내가 바뀌면 덩달아 바뀔 수 있는 것들이 천지다. 그럼에도 잘 바뀌지 않는 이유는 무엇일까. 지금까지가 너무 편해서, 탓할 거리가 많아서, 또는 변화가 두려워서 불안하니까. 거기에 더불어 '내가 변한다고 다른 게 변하겠어?'라는 불신도 한몫할 것이다.

오늘은 분노의 날이다. 아무리 불러도 그 사람은 대답하지 않았고 그렇게 무시당한 채로 나선 길에 접촉사고까지 나버렸다. 그런 와중에 또 탓할 곳을 찾는 내 모습에 넌덜머리가 난다. 글을 쓰면 무엇을 하나 싶고 상담을 오래 받으면 무엇이 달라지나 싶다. 애쓰고 용쓰는데 왜 잘 안될까 자기연민에 갇힌다. 그럼에도 이렇게 못난 나라도 다시 스스로 붙잡고 다독여 용기 낼 수 있는 게 '나'라서 펜을 들고 하루를 정리한다.

　‘그 와중에 내 말을 들은 체도 안하는 그 사람 귓불을 잡아 찢지 않아서 다행이야. 잘 참았어. 접촉사고는 더 큰 사고로 이어지지 않아서, 누구 하나 다치지 않아서 그만하니 다행이야.’ 이렇게 ‘그’를 바꿀 수 없으니 ‘나’를 바꾸어 보고, 이미 일어난 사고에 상대방을 탓해서 바뀌는 것 없으니 ‘나’라도 바꾸려 한다. 내 기분과 생각을 달리하면 날 향해 돌진하던 불운이 행운으로 바뀔지 누가 아는가.

040

내가 어떤 사람인지 아는 일은 어쩌면 생애 가장 중요한 일일지도 모르겠다. 그것은 이 복잡다단, 천태만상 세상 속에서 결국 부대껴야 할 사람을 그나마 잘 선택할 수 있는 방법이기 때문이다. 나는 예민하고 조심성이 많아 자주 과잉해석을 하기도 하지만 그만큼 상대에게 조심하려 애쓴다. 그래서 조금은 무던하거나 조심성 많은 사람과 잘 어울린다. 한 번 정해두면 끝이 아니라 끊임없이 변해가는 내 모습을 지켜보는 것도 중요하다. 어제 나와 잘 맞던 사람이 오늘의 나와 어울리기 힘들다면 그건 비단 그 사람만의 문제가 아닐 수 있다. '나' 역시 변하고 있으므로, 사람이 다가오고 머물렀다 스쳐지나가는 것은 세상 이치이자 자연의 섭리이다. 아쉬워는 해도 슬퍼하지는 말아야지. 겨울 지나고 봄으로 변하듯. 아무도 의문을 품지 않는 계절의 변화처럼 사람도 그러하니까. 아니 사람은

더 복잡하고 신비로운 존재니까. 변화를 축복하고 내려놓은
손에 다시 쥐어질 새로움을 기대하자. 다가올 봄바람처럼.

041

당신은 어떤 희망사항이 있는가? "행복 하고 싶어요. 겸
손해지고 싶어요. 너그러운 마음으로 용서하고 싶어요. 더 이
상 불안하지 않았으면 좋겠어요. 돈을 많이 벌고 싶어요." 등
이외에도 우리 머릿속에는 하나쯤 자신이 바라는 어떤 상태가
있을 것이다. '겸손'으로 예를 들어보자. 이 사람은 매일 겸손
하고 싶다고 생각한다. '겸손해야지! 난 정말 겸손한 사람이
될 거야. 겸손하게 살자!' 되뇌고 되뇐다. 이 사람은 겸손해졌
을까? 아마 이대로라면 결코 겸손해질 수 없을 것이다. 왜냐
하면 온종일 겸손에 대한 생각에 빠져 정작 겸손할 수 있었던
수많은 기회를 다 놓쳐버렸기 때문이다. 우리 일상 속에는 아
주 사소한 일로부터 우리가 바라는 방향으로 갈 수 있는 기회
가 널려있다. 알아채느냐, 못 알아채느냐, 알고도 넘어가느냐,
생각과 언어에만 몰두하느냐의 차이다. 혹시 바라는 것이 있

다면 하루에도 수십 번 오는 그 기회를 잘 잡아서 생각이 행동
으로 실현되면 좋겠다.

042

"때가 되었나 봅니다." 나의 긴 이야기를 듣고 당신이 가장 먼저 뱉은 말이다. 그가 말하지 않아도 나는 알고 있었다. 타들어가는 양초의 심지가 얼마 남지 않아서, 왁스가 있어도 심지가 없으면 초는 제 기능을 못하니까. 더 이상 타지 못하는 양초 같은 우리였다. 사람들은 왜 많은 것을 대부분 '사실'이라고 받아들일까? 진짜 사실이긴 할까. 믿고 싶은 대로 믿어야 쉽고 편하니 그런 것일까. 상대와의 신뢰가 돈독해서 그럴까?

합리적 의심이 생각보다 우리 삶에 자주 필요하다. 나는 그간의 정과 신뢰에 눈 멀어 합리적이지 못했다. 이해하고 배려하고 또 사과했다. 그런데 원래 남의 일에 우린 더욱 이성적이고 날카롭지 않은가? 남의 일처럼 생각하니 답은 생각보다 쉬웠다. 예를 들어 그런 것이다. <과잉반응>에 대한 것인데, 내가 누굴 몰래 좋아하고 있을 때 누가 옆에서 '걔 좋아하지?'하고 물으면 "뭐라고? 내가? 야! 설마!" 하고 필요이상의 큰 반응을 하게 된다. 만약 그에게 관심이 없었던 사람이라면 "갑자기? 글쎄, 모르겠는데. 생각해본 적이 없어서" 쯤의 차분한 반응이 나올 것이다. 사실과 진실은 구분하기 어렵다. 애써 구분하려 들지 않을 때가 있고 진실이 뭔지 아예 알 수 없는 때도 있다. 수많은 가짜와 진짜 사이에서 내가 느끼는 감정과 그 연유를 탐구해야만 한다. 그래야만, 그때가 왔음을 알고 놓아버릴 수 있다.

043

알게 모르게 우리는 서로에게 영향을 주고받는다. 그렇기에 주변의 좋은 사람들을 더욱 챙기고 아껴야만 한다. 한때는 인간에 대한 환멸로 많은 것을 부정하고 무시하기도 했다. 착하고 좋은 사람들의 선의까지 고깝게 느껴졌을 때 나는 뒤틀린 마음을 되돌리기엔 너무도 멀리 와버렸음을 알아차렸다. 사느냐 죽느냐 결국 둘 중 하나인데 죽기엔 용기가 부족했고 현생에 미련 둔 것이 많았다. 그래, 죽지 않을 거라면 오직 사는 것인데 부정하고 도피한들 그늘 아래 습지는 곰팡내는 내 몫이니 햇볕으로 나가는 것이 옳았다. 인간은 자기 자신을 대하는 태도로 남을 대한다. 스스로 소중히 여기는 사람은 결코 타인을 함부로 할 수 없다. 볕으로 나와 있는 좋은 사람들은 대개 그러했다. 자주 긍정을 말하고 스스로를 위하여 남을 챙겼다. 그들 속에서 보살핌, 단 한명일지라도 그의 위로와

믿음, 따스함은 나를 더 좋은 사람이게끔 만들었다. 종종 입
버릇처럼 말한다. '인생 뭐 있냐고, 뭐 없으니 좋은 사람이 되
어서 좋은 것 나누며 그럭저럭 잘 지내자고. 그게 덜 괴롭겠다
고.'

"사람 인연 끝날 때 절대로 상처주지 마세요. 상처주지 말고 잘 보내주세요." 스님의 말씀에 재차 힘이 실렸다. 지금껏 지나간 인연들과 마지막 순간이 스쳤다. 나는 어땠었나. 자의로, 타의로, 상황 탓으로 인연은 오고가는데, 그때마다 상처주지 않고 마무리 했었나. 아픔보다 아쉬움으로 눈물 머금고 보낸 시간들이 더 많이 떠올랐다. 상처주지 않고 보내야 하는 것. 소위 '내가 지은 업'은 결국 모두 나에게로 돌아온다. 아마도 모든 것은 다 나에게서 비롯된다는 이야기와 일맥상통할 것이다. 세상을 살아가는 지혜이기도 하다. 혼자만의 착각일 수 있으나 대부분 상처를 주기보다 받고서 연을 정리했다고 생각했다. 지극히 내 입장에서는 그랬다. 그런데 가만히 보니 이것도 내가 지은 업 때문이 아닐까 싶었다. 나도 모르게 누군가에게 준 상처를 돌려받고 있는 건 아닐지 말이다. 알든 모르

든 상처를 주고받고, 의도하든 하지 않든 사랑을 주고받는 것
이 삶인데 그렇다면 최대한 의식적인 노력으로 상처는 덜 주고
보내며 내 주변에 있을 땐 사랑하며 사는 것이 '덕'이 아닐까.

045

나는 이런 사람을 좋아한다. 배려할 줄 알고 무례하게 이야기하지 않으며 오로지 자기 기분대로 행동하지 않는 사람. 같은 공간에 있으면 분위기를 읽고 공감할 줄 아는 사람. 상대가 하는 말의 저의를 파악하며 불편함을 줄여주려는 그 예쁘고 선한 마음. 그 마음의 지혜를 좋아한다. 맞춤법을 하나도 몰라도 말의 무시무시한 힘을 알고 조심하는 사람, 앞사람과 대화할 때 오래 눈을 맞추고 이야기 할 줄 아는 사람, 솔직함과 무례함의 차이를 구별하여 행할 줄 아는 명민함이 잘 배운 그 사람의 지혜인 것이다. 어차피 한 데 섞여 살아야할 세상이라면 서로 조심하고 존중하는 것이 좋지 않은가. 우리는 자기가 아는 것 안에서만 생각할 줄 안다. 그것이 각자의 세계관이며 한계인 것이다. 나만의 세계에 갇혀있지 말아야 한다. 그렇기에 나와 다른 세계를 가진 사람과의 대화, 모임, 토론을 통해 끊임없이 확장해 나가야 한다. 그 속에서 우리는 존중과 배려, 공감, 마음의 지혜, 경청을 배운다. 안타까운 너를 생각하며, 나의 한계를 체감하며, 수련이 필요함을 느낀다.

통해 끊임없이 확장해 나가야 한다. 그 속에서 우리는 존중과 배려, 공감, 마음의 지혜, 경청을 배운다. 안타까운 너를 생각하며, 나의 한계를 체감하며, 수련이 필요함을 느낀다.

046

평소에 하는 생각과 실제로 뱉어지는 말의 결이 비슷한 사람이고 싶다. 생각이 곧 말이 되고, 말이 행동으로 나타난다고 하지만 우리의 기대만큼 인간은 올곧지가 않아서 생각은 생각으로 그치고 마는 경우가 많다. 그래서 글은 위험하고 아름답다. 얼마든지 지어낼 수 있는 언어놀이와 같아서 생각을 글로 쓰고 나면 마치 그것이 자기인양 착각하기 쉽다. 말은 글보다 즉각적이어서 속임수를 쓰기 어려우니, 억양이나 강세, 높낮이에서 평소의 말버릇이 드러나 버린다. 그래서 긴 대화를 나누면 상대의 진가를 조금이나마 알 수 있게 된다. 행동보다는 말로, 말보다는 문자로 많은 것을 나누는 세상이다. 그렇기에 더 관심이 가는 것은 사람들의 온기 담긴 음성과 많은 것을 담고 있는 몸짓이다. 그럼에도 불구하고 '언어놀이'를 좋아하는 나여서 되도록 글과 내 모습이 하나 되었으면 하고 바란다.

그러기 위해 부단히 노력해야함을 안다. 더욱 생각과 가치관
에 솔직하기를, 정직하기를. 부당함 앞에 겁먹지 않기를, 스스
로를 속이지 않기를. 글이 내가 되기를.

047

언니, 이곳에는 벚꽃이 멋쩍어할 만큼 봄비가 많이 내렸어요. 서울은 어땠나요? 시간은 너무도 공평하게 흐르는데 내 삶은 나아지고 있는 건지, 이 물결은 어디로 흐르고 있는 건지, 가끔은 나의 위치를 확인하고 싶어요. 언니는 내가 아는 사람 중에 드물게 마음이 미뻐서*, 그래서 내 마음에 스위치 켜지듯 언니 생각이 나나봐요. 집을 나와 방을 구하고 휑한 벽 한편을 채우는데 괜히 언니가 써준 엽서를 붙이고 싶었어요. 그 심리는 무엇일까요. 단순히 언니가 그리워서 일까요. 수많은 그리운 사람 중 왜 하필 언니일까요. 지난 일 년을 이렇게 생각하며 지냈어요. 나의 행동과 사고를 추적해가는 연습인데, 신기하게도 하면 할수록 내가 변하고 있음을 느껴요. 작년보다 저는 건강해졌어요. 몸도 마음도요. 상황은 변한 것이 하나 없는데 이렇게 건강해지는 걸 보니 과거에 상황만 탓하던

*미쁘다 : 믿음성이 있다

제 모습이 가엾기만 해요. 언니, 건강은 요즘 어때요. 많이 궁
금하고 그립고 보고싶어요. 마음의 더듬이가 긴 우리가 있어
세사의 번뇌를 그나마 견뎌요. 고마워요.

048

그녀는 "나이가 더 들면 그나마 괜찮아질 거예요."라고 말했다. 나의 불온전함에 매일을 괴로워 정처 없이 떠도는 모양이 나는 싫었다. 내가 가진 사랑이 너무도 많아서, 정이 많고 여린 마음에 여기저기 사랑을 주고, <다정도 병인양 하여> 사랑이 빠져나간 자리에는 쓸쓸함만 남았다. 늘 철썩이는 파도 같은 나에게 나이가 들면 괜찮아질 거라는 그녀의 말은 작은 위로이자 기다림의 씨앗이 되었다. 나이가 든다고 정말 괜찮아질까? 아마도 그러기 위해서 더욱 많은 사람을 만나고 겪어야겠지. 나이를 먹는다는 건 대충 모든 일이 내 예상 안에 들어온다는 것이니까. 내 예상 안에서 일어나는 일들은 크게 내 마음을 울리지 않을테니까 말이다. 상처받는 일이 줄어들수록 감동받는 일도 줄어들겠지. 무던해지는 만큼 촉은 무뎌질테지. 나이를 먹는 다는 것. 양날의 검 같아서 빨리도, 천천히도

아닌 결국 순리대로 흘러가는 것이기를 지금의 '나'도 열심히
흘러온 결과이니까.

049

밥벌이의 지겨움이 고팠다. 지겨워도 밥벌이의 신성함이 나에게는 필요했다. 글 한자 쓴다고 뚝딱 밥이 되지 않았으니 어떻게든 당장 입에 풀칠이라도 해야지. 우리는 홀로 사는 것이 아니므로 서로가 서로를 보듬느라 격려와 조언을 아끼지 않는다. 내 밥벌이도 그들에게 그랬다. 가족은 쌍수를 들고 환영했고, 가까운 지인들은 조금 더 시간을 투자해서 내가 하고 싶은 일로 성공하기를 응원했다. 그들의 진심어린 응원과 염려를 소중히 생각한다.

그리고 나는 안다. 이 세상과 나를 이루는 모든 것들의 장단을 맞출 수 없다는 것을. 그렇다면 나는 이 장단에 어떤 춤을 출 것인가. 당장 음악을 꺼버리고 삶에서 퇴장할 것이 아니라면 계속 흘러나올 이 장단 속에서 내가 어떤 스텝을 밟을지를 결정해야 한다. 그것이 삶이자 생이며 궁극적인 밥벌이다. 때로는 매우 느린 아다지오, 때로는 매우 빠른 프레스토. 또 때로는 중모리 때로는 자진모리 빠른 장단에서 오히려 느긋한 마음으로 천천히 몸을 움직이고 느린 장단에서 활기를 갖고 박을 쪼개며 스텝을 밟을 수도 있겠다. 날 감싼 이 장단에 어떤 춤을 출 것인가. 당신 인생은 어떤 장단이 흐르고 그 속에서 어떤 춤을 추고 있는가.

050

상처는 서로를 끌어당긴다. 안 보이게 덮어두어도 상처는 상처를 알아본다. 상처끼리의 만남이 때로 교감이나 위로가 되기도 하지만, 상처를 가진 어떤 사람은 사냥감을 기다리는 포식자처럼 숨죽여 상처를 가진 다른 이를 기다린다. 그리고 상처의 냄새를 맡으면 다가가 겨우 앉은 딱지를 잡아 뜯고 벌리기도 한다. 덧나버린 상처는 전염되어 가장 가까운 이를 해친다. 상처를 가진 사람은 그것이 다시 곪지 않도록 돌봐야 한다. 커지지 않도록, 덧나지 않도록, 전염되어 소중한 것이 상처입지 않도록, 그리하여 상처로 서로를 죽이지 않도록 말이다.

누구에게나 처음은 있다. 처음은 새롭고 설레고 두렵다. 서툴러도, 실수해도 처음이니 그럴 수 있다고 위로 받을 수 있다. '처음 프리미엄' 같은 것이다. 그래서 쌓여가는 경력과 시간이 오히려 무서울 때가 있다. "나이를 어디로 먹은 거야?"라는 말이 나의 이야기는 아니었으면 하고. "일을 몇 년이나 했는데 저렇게 밖에 못해?"라는 따가운 소리가 내 것은 아니길 바란다. 그럼에도 시간은 너무도 공평하게, 성실하게 가고 있다.

요즘은 버티는 것만으로도 대단하고 벅찬 것이라 하지만 문득 그런 생각을 하게 된다. 처음에 깨지고 피가 나면서 치열하게 고민하지 않으면, 그래서 그냥 그렇게 시간만 보낸다면 그저 그런 인간으로 머물 거라는 생각. 그저 그런 무기력한 생

활, 그저 그런 인생. 뜨겁게 고민하지 않은 삶에 대한 회한만
남은 사람이고 싶지 않다. 우리의 삶은 온통 선택 투성이인데,
하나하나에 정성들여 최선이고 싶다. 처음의 설렘과 두려움
오래 잊지 않고 쌓여가는 시간 앞에 당차고 싶다.

가지고 있을 때는 정작 몰랐던 감정들이 왜 잃고 나서야 물밀듯 다가오는가. 남이 가진 것은 반짝반짝 빛나고 커 보이는데, 내 손에만 오면 왜 부족한 것들 먼저 눈에 들어오는 가. 까탈스럽고 예민한 성격 탓에 내 주변을 이루는 모든 것들을 오래 지키지 못 했다. 떠나고 나면 후회한다는 것도 남의 일이었다. 날 떠나면 떠나는 것이다. 그걸로 끝이다. 하지만 그것이 남의 손에 들어간 것을 보았을 때 나는 왠지 모를 패배감과 자괴감을 느껴야했다. 무모하게 내던졌던 하는 모든 일에는 사실 용기가 필요하지 않았다. 소중한 것이 무엇인지 모르기에 잃어도 그만이었으니 누군가의 눈에 '용기'로 보일 수밖에 없었다. 왜 나는 남보다 나를 우선시하는 것에 이토록 죄책감을 느끼는가. 모든 것의 기준을 나에게 두는데 왜 내 마음은 불편한지 대체 정말 모를 일이다.

053

안타깝게도 내 글의 원천은 미움으로부터 시작된다. 나 스스로가 도무지 이해되지 않을 때, 같은 실수를 반복하면서 좀처럼 나아짐이 없을 때. '나'를 향한 나의 원망과 경멸은 손에 연필을 쥐게 한다. 이 세상에 내 마음과 같은 이는 단 한 명도 없다. 우리 엄마 뱃속에 열 달을 살았어도 이미 자궁에서부터 동상이몽이었을 지도 모르겠다. 그러하니 어찌 가족도 아닌 남과 내 마음이 비슷하기를 기대하는가?

알면서도 납득이 가지 않는 여러 상황에 놓이면 스멀스멀 기어오르는 미움에 대적하기 위해 또 연필을 쥔다. <상식적으로> 라는 말을 떠올린다. 상식은 사람들이 보통 알고 있거나 알아야할 것을 뜻하는데, 왜 상식의 기준은 사람들마다 다른 것인지, 그렇다면 나는 어떤 자세를 취해야 하는 지 생각이 깊어진다. "나 때는 그렇게 안했어요. 요즘 사람들, 간절함이 없는 것 같아요. 당신 역시 요즘 사람이라 그런가?" 라고 말하는 그녀에게는 그 말 그대로가 상식일지도 모른다. 내 상식과 부딪히는 또 다른 상식들. 우리 각자, 저마다의 상식들. 그 간극은 좁혀질 수 있을까. 벌어진 간극 사이로 새어나오는 미움이 이렇게 글이 되다보면 해답을 얻는 날이 올까.

054

"사람은 참 희한하지. 개개인으로 볼 때는 다 괜찮은 것 같은데. 그 개인들이 모여 집단을 이루면 이상해진단 말이야." 실로 그랬다. 그 사람만 보면 참 다정하고 선한데. 어떤 조직 속에서 그의 모습은 낯설기까지 했다. 함께 하하 호호 즐겁다가도 누군가 자리를 비우면 뒷이야기를 시작한다든지. 아주 가시 돋힌 말을 예쁘게 포장하여 남을 위하는 척 곤란에 빠뜨린다든지. 마치 연극 한 편 보듯이 관객의 자세로 듣고만 있다 보면 기함할 순간이 한 두 번이 아닌 것이다. '그들도 누군가에게는 정말 사람 좋은 친구일테지. 사랑스러운 연인이자 가족일 거야.'하고 생각하니 '이것도 살아가는 방식 중 하나이구나. 인간이란 아니, 집단이란 특성이 그런 거구나.'하며 잠시간 이해도 되었다. 그러나 그럼에도 소수의 누군가는 소신을 지키며 살고 개똥철학이어도 자기만의 신념을 가진 사람은 존재해서 그런 그들을 닮고 싶은 마음이다. 많은 문제는 '말'에서 시작되므로 입단속, 마음 단속을 잘 해야겠다고 다짐한다. 상처 주는 삶은 너무 부끄럽지 않은가.

055

내가 지향하는 많은 것들이 내 삶을 말해준다. 추상적인 가치관부터 사소하게는 먹는 음식까지. 나의 취향과 그 선택으로 '나'를 이룬다. 자주 어울리는 사람들은 어떤가. 저마다 색은 달라도 결국 비슷한 계열로 이어져있지 않은가. 처음부터 끝까지 모든 것은 내 취향이자 선택이었다.

잠자는 시간이 아까워 새벽까지 책방에서 책을 고르는 시간도, 혼자의 먹먹함이 싫어 누구라도 만나고 싶어 했던 쓸쓸한 그 시간도. 모두 내가 빚어낸 결과였다. 강렬한 원색이고 싶었다. 분명 그랬는데 이도저도 아닌 회색, 미색이 되어버렸다. 나에게 색이 있는지 조차 의문이 든다. 술에 술탄 듯 물에 물탄 듯 '내 것'없이 시간을 축내고 있지는 않은가 돌아본다.

열심히 살면 충만해질 줄 알았는데 남는 것 하나 없이 ‘내’
가 지워지는 기분이다. 그래서 그런 생각이 든다. 애초에 <만
족>을 모르는 사람이 나구나. 불만족을 만족하는 사람. 늘
불안하고 불만족해야만 살아갈 이유와 핑계를 댈 수 있어서
일까. 내가 지향하는 것이 내 삶을 말해주는데 그렇다면 부족
함에 계속 머무르고 싶어 하는 날, 이젠 인정해야 할 때다.

056

시간이 지나면 옅어지는 것들이 있다. 빛이 바래서 원래의 형체를 알아보기 어려워지면 우리는 옛 모습을 내가 기억하고 싶은 모양으로 조작한다. 사람은 잘 변하지 않는다. 아니, 이 정도 살았으면 과장 조금 보태어 '사람의 본성은 절대 안 변한다.'라고 힘주어 이야기할 수 있다. 오죽하면 '갑자기 변한 사람을 보고 곧 죽을 때가 되었나보다.' 하고 이야기 하겠는가.

사람이 가진 단점, 좋지 않은 습관은 세월이 갈수록 더욱 고착화된다. 그래서 본인이 잘 알아야 한다. 좋은 쪽으로 흐르기 위해서, 타인에게 상처주지 않기 위해서 스스로의 행동에 책임지기 위해서는 <아는 것>이 중요하다. 알면 변할 수 있다고 믿는다. 끊임없이 의식해야 한다. 그래서 자기반성과 메타인지가 중요한 것이다. 모두가 이렇게 조심하고 노력하면 우리 조금 더 쉽게 살 수 있을까.

십년이 지나도 변한 것 하나 없는 당신을, 또 다른 당신들을 보면서 나는 섬뜩함을 느꼈다. 누군가에게 나역시 여전한 그런 사람일까봐. 옛날 아니 어제의 과오조차 모르고 반성할 줄 모르는 인간일까봐. 역시 남을 통해 '나'를 보고 내 마음부터 다스려야 함을 느낀다.

057

교사가 되고자 했을 때의 일이다. 교단 앞에 서 있는데 한 학생이 나에게 물었다. "선생님, 클럽은 뭐하는 곳이에요? 거기는 나쁜 곳이에요?" 만약 내가 클럽에 한 번도 간 적이 없었다면 그 학생에게 부정확하고 편협한 나의 생각이 정답인양 전달되었을지도 모른다. 물론 우리는 이 세상의 모든 것을 경험할 수 없다는 걸 안다. 매일 매일 새로운 것에 도전해도 죽기 직전까지 다 경험하지 못한 일이 더 많을 것이다. 나이가 들어 내 아이가 물을 지도 모른다. "엄마, 스카이다이빙을 하면 어떤 기분이에요?" 나는 직접 스카이다이빙을 해보고 아이에게 이야기해주고 싶다. 마치 이미 패러글라이딩을 경험한 내가 여기저기 추천을 하는 것처럼.

나는 대학 입시에 실패해본 적 있기에 재수생들의 마음을 깊이 공감할 수 있다. 대학교에 들어가 두 달 만에 휴학이 아닌 자퇴를 해보았기에 그런 상황에 처한 친구들에게 누구보다 진솔한 나의 이야기를 들려줄 수 있다. 공황장애로 수십 번 숨이 가빠져 보았기에 자신 있게 병원을 추천해줄 수 있다. 정신과 내원이나 심리센터 방문을 망설이는 그대들에게 나는 누구보다 힘주어 한 걸음 나서볼 것을 권할 수 있다.

내가 겪은 경험 안에서는 자신 있게 이야기할 수 있는 것이다. 이제 그대에게 듣고 싶다. 그대가 겪은 경험의 이야기들을 내가 간접 경험해볼 수 있도록 말이다. 그 경험 안에서 내가 배울 수 있고 조언을 얻을 수 있는 부분들을 귀에 담고 싶다. 그리고 그대의 경험치를 엿보고 싶다. 그대가 살아온 인생의 경험치는 레벨 몇인가.

그리고 그대의 인생에 가장 중요한 단어는 무엇을 꼽을 수 있는가. 살면서 그대가 잘 했다고 생각하는 모든 것을 노트에 써내려가길 권한다. 가령 '어제 기분이 좋아 친구에게 커피 한 잔 사준 것.'처럼 사소한 것부터 시작해도 좋나. 모르는 섯에, 내가 잘못한 것에 집중하기보다 사소하지만 잘한 것, 그리고 경험한 모든 것에 집중하자. 아마도 적어 내려가다 보면 이렇게 코끝에서 뜨거운 콧김을 내뱉는 것조차 스스로 사랑스러울 것이다.

058

"날씨 같은 거야 정말. 어제는 비가 내려서 홍수가 난 지경이었는데 오늘은 언제 그랬냐는 듯 멀쩡히 해가 떠서 아무렇지도 않잖아. 거봐, 순간만 잘 넘기자. 변덕스러운 내 감정에 속지 말자는 거야. 날씨가 좋으면 오늘은 해가 떴구나 하고 바라봐주고, 그 기분에 만족하며 하루를 만끽하면 돼. 흐린 날에는 오늘은 비가 오는구나! 글을 써볼까. 잠을 잘까. 맛있는 케이크를 사먹을까. 약이 필요하다면 먹어도 좋아. 그렇게 하루하루를 넘겨보는 거야.

힘들지. 힘들겠지. 자꾸만 이유를 찾거나 의미를 부여하지 마. 비가 오는 걸 누굴 탓할 거야. 그리 대단할 것도 없는 게 삶인데, 순간순간 잘 넘기고 다시 돌아보면 꾸역꾸역 살아낸 내가 너무도 대단한 날이 올 거야.

넌 어떨 때 가장 살고 싶어지니? 그런 순간을 떠올려봐. 시
간이 멈췄으면 할 정도의 살고 싶어지는 순간들. 비 오는 날
의 시간을 걷는 네게 함께 살고 싶어지는 순간을 선물하고 싶
어."

　　인간은 지나간 삶을 잊는다. 무지가 과거를 휘감는다. 망각의 커튼이 내리면 무수히 똑같은 삶을 반복하며 산다. 마치 새로운 삶이라도 되는 것처럼, 수없이 사랑에 빠지고 또 다시 수없는 좌절을 느낀다. 반복의 굴레를 끊어내지 못하는 스스로를 책망할 때 당신은 나에게 말했다. "인간으로서 몇몇 가지지 못한 재능을 넌 가지고 있어. <향상심>이라 하는데. 너에게 하는 불편한 이야기를 듣고 모든 면에서 현재보다 더 발전해 가고자 생각하는 그 마음. 넌 그 마음을 가지고 있어." 그 이야기를 듣고 내 이야기로 받아들이기가 어려웠다. 나에게 '향상심'이 있었다면 망각의 커튼을 내리고 좌절을 반복하진 않았을텐데, 그런데 아마도 당신이 본 내 모습은 고통 속에서도 나아지려 고민하고 성찰하는 자세가 아니었을까. 그래서 깨어 있으려 노력한다. 나아지고자 끊임없이 반문한다. 내가 나의 한계를 지으려 하지 않는다. 기특한 순간의 '나'를 모아두고 오래 기억한다. 나아지고자 하는 긍정적 의지, 그리고 실천이 나를 과거로 끌고 들어가는 무지를 깨뜨리고 커튼을 걷어줄 것이다.

060

"도망가는 거, 그거 습관 된다. 조심해."

"왜? 이거 아니면 저거 하면 되고, 애 아니면 쟤 만나지 뭐. 아니, 도망가는 게 어때서? 그게 도망인지, 탈출인지는 나가 봐야 알 수 있는 거 아니야?"

"그래 그렇지. 근데 너 그거 여러 번 반복되면 결국 네가 널 갉아먹는 꼴이 될 걸? '아, 나는 어디에도 적응하지 못하는구나. 나는 할 수 있는 일이 별로 없구나' 도망인지 탈출인지는 나와 봐야 안다고? 생각해봐. 그건 자기 자신이 제일 잘 알아. 내가 조금만 힘들면 버티지 못하고 도망을 가는 건지. 아니면 더 이상 물러날 곳이 없어 죽기 살기로 탈출하고 있는 건지. 결국 도망이든 탈출이든 지금 네가 너 자신의 위치를, 상태를, 나아가야 할 방향을 얼마나 객관적으로 볼 수 있냐는 거야. 그리고 탈출은 말이야. 더 나은 곳으로 갔을 때를 말하는 거야. 똑같은 시궁창이면 그건 솔직히 도망이 아니고 뭐겠어. 자기 자신을 속이며 살진 말자. 속이고 있다는 거 그거 나 스스로가 알잖아. 잘 들여다봐. 어떻게 하고 싶은지. 정말 너에게 필요한 게 무엇인지를 진지하게 멈추고 생각해봐."

061

"말을 너무 많이 하면 실수를 할 수밖에 없어. 말을 쏟아 낼 때 스스로의 모습을 잘 봐. 심취해 있을 거야. 내말에, 내 감정에 빠져서 분간 못한 채 튀어나오는 말이 많을 거야. 그런데 그로 인해 치명적인 순간이 있어. 그러니 말을 좀 조심해. 아니, 말을 할 때 내 모습을 조심해."

말을 해버리고 나서 좋았던 것들도 분명 많았다. 속 터져서 담아두는 것보다 증오가 되어버릴 미움은 내뱉어지는 게 낫다고 자위했다. 그런데 돌아보니 실은 말을 해서 마음 상할 일이 곱절은 많았던 것이다. 후회를 하거나 상처를 주거나 뱉고도 오랜 시간 찝찝했던 경험들. 이렇게 조심해야 할 것들. 지켜내야 할 것들이 자꾸만 늘어간다.

　이는 책임에 대한 이야기이기도 하다. 소중한 것들을 더욱 소중히 간직하기 위해서 오래도록 곁에 두기 위해서 순간 나의 감정과 말에 심취됨을 경계해야 한다. 때로 너무 빠르게 달려 가는 감정과 말에 지쳐 주저앉은 영혼을 바라봐야 한다.

　인생은 모든 순간이 선택으로 점철되어 있고, 둘 중 하나의 문을 열고 들어가는 일련의 과정이다. 내가 열지 않은 문에 대한 아쉬움은 지금 걷고 있는 이 길의 선택으로 대강 합리화하기도 한다. 때로는 문을 여는 일 자체를 쉬고 싶었다. 다가오는 두 개의 문에 질식할 것 같은 순간에도 나는 잠시 멈추고 싶었다. 그 누구도, 그 어떤 기회도 기다려주지 않는다는 걸 알고 있지만 힘들면 잠시 쉬어가도 된다는 말, 잠시 쉬는 것쯤 아무 것도 아니란 말이 필요했다. 겁이 많이 났으니까. 두려웠으니까. 여기서 멈추면 도태되고 내가 나약한 인간처럼 느껴지고 이것도 못 버티면 넌 어딜 가나 그럴 거라고 스스로 겁주고 있었다. 그렇게 먼지조각이 되어가던 나에게 당신은 이런 이야기를 했다.

"그래도 그대의 지나온 시간들을 되돌아보면 많은 끝맺음과 새로운 시작이 있었을테고, 그러한 과정들 속에서 충분히 잘 해내고 있었지 않습니까. 저는 그대가 잘 해내리라 믿으며 그대가 어떤 선택을 하든 베스트 초이스가 될 거라 믿습니다."

고민을 털어놓으리라 선택하고 들어간 문에서 그제서야 나는 잠시 쉴 수 있었다.

063

사람마다 가진 성향이 있고 타고난 기질이란 것이 있다. 나는 너무도 관계 중심적 인간이어서 아무리 맛있는 음식을 먹어도 불편한 사람과 먹으면 맛이 없고, 끔찍이 싫어하는 공간에 사람이 많이 모여 있어도 좋아하는 사람과 있으면 포근히 느껴진다. 사람과 뗄 수 없는 사람들은 사려 깊은 소심함으로 늘 주변을 살핀다. 그런 성향이 주변 사람들을 행복하게 할지 몰라도, 스스로에게 독이 될 때가 분명히 있다. 인간관계와 일을 떼어놓지 못할 때가 바로 그럴 때이다. 이성적으로 처리해야 할 많은 것에 관계를 녹여 생각하니 결정이 어렵고 내가 괴로운 것이다. 아닌 건 아니라고 명확히 해야 할 때도, 관계를 생각해서 눈 감고 그 정도는 이해할 수 있다고 생각하며, 다른 문제가 있어도 '아 사람은 좋은데'라고 하니 진척이 없는 것이다. 그래서 우스운 것은 조금만 관계가 틀어지면 수면 아래 가

라앉았던 모든 문제들이 감당할 수 없을 만큼 떠올라 갑절로
잠식당하게 되는 것이다. 좋을수록 더 냉정히 분리할 수 있어
야 한다. 그래야 관계만이라도 지킬 수 있으니.

064

'마음을 내려놓아라. 생각을 비워라'하고 이야기한다. 그게 가능한가. 사람이 생각을 하지 않을 수 있나. 현실적으로 불가능하다. 오히려 생각을 바꾸어보라는 식의 이야기가 설득력 있겠다. 생각을 바꾸는 것은 의외로 간단하다. '관점'만 살짝 비틀어주면 되는데, 저마다 관점이 다르다는 것까지 인식하면 더할 나위 없다. 모든 세사의 번뇌와 괴로움은 내 마음으로부터 일어난다. 알면서도 핑계의 화살은 주변 사람들에게 쏘아댔다. 내가 빨간 안경을 쓰고 있으면서 왜 세상이 빨갛냐며 화를 내고, 내가 오른쪽으로 와놓고 왜 왼쪽이 아니냐 투정부린다. 모든 것이 내 관점이자, 내 마음이다. 여기서 실마리를 잡을 수 있었다. 누가 날 안 좋게 보거나 괴롭힐 때 크게 동요하지 않고 생각한다. '지금 저 사람 관점에서는 그렇게 보이는구나. 저 사람 기분이 그렇구나.' 누가 날 좋게 보더라도

똑같다. 내가 대단한 게 아니라 '지금 저 사람 생각이 그렇구
나'하면 된다. 어려우리란 걸 안다. 그래서 더 들여다봐야 한
다. '나는 어떤 관점으로 타인과 세상을 바라보는가. 그렇다면
나는 왜 그런 관점을 가지고 있는 것인가.'

동생이 집을 나갔다. 다행히 행방 묘연한 가출이 아니어서 마음을 쓸어내렸다. 한 두 마디 남기고 집을 구해 독립을 했다. 며칠을 귀에 이어폰만 꼽고 있는 녀석과 대화도 할 수 없었다. 말을 시켜도 대답하지 않고 눈을 마주치지 않으려 했다. 무슨 일이 있는지 걱정이 되었다. 아니, 사실은 어떤 깊은 상처가 녀석을 괴롭히는지 나는 잘 알기에 더 걱정이 컸다. 그래서 더 이상 말을 붙일 수 없었다. 우리 모두 피해자면서 가해자가 되기도 한다. 어딜 가든 몸보다 마음이 편해야 한다. 녀석은 이곳보다 혼자 있는 공간을 선택했다. 그에 따른 책임도 함께 가져갔지만, 그로 인해 몸은 힘들어도 마음만은 편했으면 좋겠다. 혼자 있는 곳에서는 귀 아프게 이어폰도 꼽지 않았으면 좋겠다. 허겁지겁 빠르게 먹어야 했던 식사도 천천히 소화시키며 먹었으면 좋겠다. 그늘져 있던 얼굴에 화사한 웃음이 자주 드리우면 좋겠다. 우리는 모두 독립적인 개체다. '나' 먼저 생각하는 것이 맞는 것인데 '가족'이라는 명목으로 요구하는 수많은 것들에 좌절할 때가 많다. 낳아주셔서 그리고 키워주셔서 감사한 마음과 마음 다쳐가며 인내하고 희생하는 것은 다른 문제다. 조금 더 행복해질 수 있다. 가장 중요한 것은 '나의 안위' 라는 것을 잊지 말아야 한다. 그리고 나 아닌 누군가에게 요구하지 말아야 한다. 나의 안위는 내가 돌보는 것이다. 용기 내 떠난 나의 동생처럼 말이다.

066

‘말’에 갇혀버렸다. 자기 충족적 예언은 좋게 쓰면 용기도 북돋고 자신감도 올라가지만 반대의 경우엔 한 없이 스스로를 작아지게 한다. ‘나는 편안한 마음을 가지고 있다.’, ‘난 그래도 마음먹은 건 끝까지 한다.’라고 꾸준히 생각하다보면 그 말에 맞추어 조금씩 변하는 나를 볼 수 있다. 이런 긍정적 효과만 있다면 얼마든지 말에 갇히고 갇히리라. 그런데 안타깝게도 부정적인 자기 충족적 예언으로 괴로울 때가 더 많다. ‘조금만 불안하면 도망가는 거. 그래 그게 나야.’, ‘누가 나더러 불편한 상황에만 자꾸 놓이고 싶어 하는 것 같다 그랬는데, 지금도 내가 그런가?’ 부정적인 말들에 별 것 아닌 일들까지 억지로 짜 맞추어 애써 괴로움을 더 한다. ‘말’에서 자유롭고 싶다. 우리는 숭배하는 것으로부터 지배당한다. ‘말’을 너무도 믿지 말아야 하며 있는 그대로를 대변하는 척하는 언어놀이에 속지 말아야 한다. 경계심 없는 무분별한 믿음은 곧 숭배로 바뀌고, 그렇게 마음과 영혼을 가져간 숭배는 나를 꼼짝달싹 못하게 지배해 버릴 것이다. 나는 무엇을 숭배하고 있는가. 내가 지은 '말'에, 너에게 거는 '기대'에 오히려 지배당하고 있지는 않은가.

067

‘기대하지 말 것’ 앞으로 내가 살아갈 인생 앞에다 두고 굳이, 굳이 해주고 싶은 이야기다. ‘기대하지 말라.’ 스멀스멀 올라오는 기대하는 녀석의 목덜미를 부여잡고 울기만 하는 날은 이제 보내버린다. 모든 괴로움의 화근은 욕심이었다. 욕심이 허울 좋은 탈을 쓰고 앞장서면 기대가 되었다. 욕심 부리지 말자. 최선의 노력을 다 했음에도 능력치가 모자라 안 되는 일에 자꾸만 기대를 거는 것도 욕심이다. 또는 지금 여기에서 순간순간 할 수 있는 걸 하지 않고 바라기만 하는 것 역시 대단한 욕심이다. 욕심내지 않으면 자연스레 기대하지 않게 된다. 지금 내 처지를, 객관적인 상황을 바르게 이해나는 것부터 시작이다. 그리고 내 자리에서 할 수 있는 걸 할 뿐이다. 내려놓는 것, 마음을 비우는 일이 거창해 보여도 내 마음자리 내가 돌보는 일인데, 만족 없이 사는 나를 불쌍히 여긴다면 ‘욕심’

과 '기대'에 정나미 떨어질 때도 되지 않았나. 지금도 충분하고 못 가져도 괜찮고 누가 없어도 혼자여도 괜찮다. 욕심내고 기대하며 매 순간이 충만하지 못한 일련의 시간이 안타까울 뿐이다.

068

양가감정, 애증이고 변덕의 시발점이다. 사물의 모든 면에는 두 가지가 있다. 재미있고 유쾌한 사람은 자칫 가벼운 사람이 되기도 하고 무게감 있고 진중한 사람은 재미가 없다는 평을 듣기도 한다. 높은 자리에 올라가면 그 자리이기에 겪는 괴로움이 따르고, 낮은 곳에만 머물기에는 오르고 싶어 갈망하는 목마름에 괴롭다.

아주 갓난아기는 손이 아주 많이 가지만 자기 멋대로 하는 일이 없다. 다 큰 아이는 손이 덜 가지만 서서히 제멋대로 굴기 시작한다. 항상 좋고 행복한 인생은 없다. 언제나 건강하기만 한 사람도 드물다. 사람은 사람을 만나지 않으면 외롭지만, 또 만나고 나면 괴로울 일이 생긴다. 갖고 싶던 물건은 가지면 다른 게 눈에 들어오고, 가지지 못하면 못 한대로 욕심이 난다.

지긋지긋한 양가감정이 실은 인간 모두가 겪고 사는 감정이다. 하나를 택하면 자연스레 따라붙는 인생의 대가를 알아차리고 감수하느냐, 영영 모르고 괴로워만 하느냐, 그에 따라 또 많은 것은 변한다. 둘 중 선택했다면 양가감정의 대가를 감수하고 미련은 거두는 것이 좋겠다.

069

내가 누군지를 모르겠다. 이상한 기분에 휩싸인다. 껍데기인 '나'와 이 몸 안에서 생각하고 있는 내가 분리되는 기분. 거울을 보면 낯설지만 가장 친근한 내가 보인다. 미래는 알 수 없어 두려운 것인가, 알 수 없기에 설레는 것인가. 정답이 없는 질문이 마음에 쌓여 켜켜이 묵어만 간다. 시작이 어렵다. 뭐가 두렵냐고 물어오면 가진 것도 없는데 잃을까 두렵다고 말한다. 그럼에도 내가 여전히 살아있는 이유는 다가오는 내일이 무척이나 궁금해서가 아니라 단순히 겁이 많기 때문이란 걸 너는 알까. 아픈 게 죽기보다 싫으니까. 현실에 만족할 수 없는 고질병에 걸려 어딜 데려다 놓아도 불만을 찾아 다른 곳을 향한다. 그건 병이다. 왜 그렇게 되었나. "왜 그런가요? 선생님" 정답이 없는 질문이 또 늘어간다. 남들 사는 것만큼만 살겠다는데 그게 과욕이라 한다. 그래, 우리는 늘 나의 평범한 일상과 남의 특별한 순간을 비교하니까. 나의 데일리와 남의 하이라이트를 비교하니 난 언제나 가랑이 찢어진 뱁새 꼴이었다.

070

호들갑스러운 것은 아름답지 않다는 이성복 시인의 말이 온종일 마음에 돈다. 호들갑 떨지 않았던 때가 있었나. 아픔에, 외로움에, 괴로움에, 벅찬 감동에, 사랑에, 배고픔에, 상실감에 호들갑으로 채워진 삶의 길을 따라오다 보니 남는 것은 추한 껍데기뿐이다. 보여지는 삶에 중점을 두면 그랬다. 보이기 위함은 언제나 호들갑스럽다. 실패하지 않음을 증명하기 위해 최선을 다해 호들갑을 떤다.

나를 나타내는 수많은 것들 앞에서 그렇게 부산 떨어야만 했다. '글'만해도 다만 글이기를 바라지 않고 누군가의 긍정을 기다리는 순간 호들갑스러워졌다. 그런 글은 도무지 아릅답지가 않다. '말'은 어떤가. 위로랍시고 너도 나도 다 아는 이야기를 마치 대단한 걸 발견한 양 떠드는 순간 그것은 주책없는 입방정에 불과해진다. 시시각각 변하는 내 마음을 그나마 붙잡고 이끌어나갈 삶의 자세를 정하는 데에, 적어도 호들갑 떨지는 말자고 남에게 보여지는 것이 아니라 내 눈에 서서히 보이는 것이 많아지는 삶을 살아가는 것이 중요하다고 이야기 한다.

071

'열등감'과 '우월의식'은 그 맥을 같이 한다. 남에게 잘 보이고 싶고 잘 모르는 사람에게도 끊임없이 인정받고 싶은 그 마음. 그렇지 않으면 속상하고 서글픈 마음이 열등감 때문이라 생각했다. '나의 부족함'으로 말미암은 사고방식인 줄 알았으나 실은 얄궂은 우월의식이 가장 밑바탕이었다.

잘 보이고 싶은 게 아니라, 스스로 잘났다 생각하니 칭찬받고 싶고, 내 머릿속에서 이미 정해진 답을 인정해주지 않으니 괴로운 것이다. 평가에 목말라있고 그것 하나에 좌지우지되는 기분. 나를 향한 활 사위는 사실 내가 조준하고 있었을지도 모른다. 현실적으로 또 무엇이 그리 대단하게 잘났을까.

이래저래 살펴보면 그리 잘난 것도, 그리 못난 것도 없는 하나하나 소중히 핀 들꽃 같은 것인데 말이다. 가면 가는 것이고 오면 오는 것이다. 사람들의 반응은 그들의 것이다. '나'와는 별개의 문제다. 그러니 나는 나대로 살아간다. 거울 닦듯 자꾸만 들여다보고 싶다. 내가 느끼는 감정과 '나'를 구분할 수 있을 때까지. 얄궂은 우월의식, 비교, 열등감 그런 것들로 괴로울 틈이 없다.

 "힘든 일이 있어도 그것과 같이 사는 법을 배웠으면 좋겠어. 안 그럼 영영 행복할 수가 없거든. 힘든 일이 안 일어나는 인생은 없으니까. '괴로움을 껴안고 같이 사는 법' 너는 언제나 그랬듯 그 방법을 궁금해 하겠지? 머릿속에 열린 방 하나가 생긴 기분으로 지내보는 거야. '오늘의 괴로움은 너구나', 민박집 손님처럼 방을 내어주고 갈 때 되면 알아서 갈테니 지켜보고 기다리며 시간을 쓰는 것. 그런 시간이 함께 살아가는 것이니까. 그러니 감정을 들여다보는 연습을 꾸준히 해보자. 너 사건과 감정의 인과를 고민해본 적 있니? 이 일이 나에게 무슨 감정을 느끼게 하는지 연결고리를 생각해 봤으면 좋겠어. 그러다 보면 충분히 괴롭지 않을 수 있는데 혼자 악몽 꾸는 짓도 서서히 멈출 수 있단다. 나에게 일어난 일이 그 사건이 '나'와는 별개일 수 있어. 조금 어려울지도 모르겠다. 머리로

는 알지만 마음이 잘 따라주지 않을 지도 몰라. 변화에는 반
드시 시련이 따른다는 거. 겪어봐서 너도 잘 알잖아. 힘든 일
도 이고지고 내 마음 들여다보며 함께 살자."

073

'분리불안' 나의 지독한 병명이다. 강아지가 주인 없이 혼자 남겨져 낑낑거리는 모습에나 쓰이는 줄 알았던 단어가 그게 곧 나였다. 우리는 아닌 걸 알면서 손에 쥐고 있는 것들이 너무나 많다. 머리로도 알고 마음으로도 안다. 이 일의 부당함을 알고 있고, 이 관계 속에서 내가 얼마나 망가지고 있는 지도 알고 있다. 그런데 내가 놓으면 그만인 것을, 오히려 양손 힘 꽉 주어 쥐고 있는 쪽은 '나'다.

왜 버려야 할 것과 분리되는 것을 두려워할까. 비록 시궁창일지라도 내 눈에 훤히 보이고 예상 가능한 일이 편해졌기 때문일지도 모른다. 아무리 더 나아질 거라 해도 내가 가보지 않은 곳에 대한 두려움은 설렘을 이기지 못한다. 분리 불안자들에게는 그렇다. 그래서 '한 발'이 어렵고 대단한 용기가 필요하다.

비록 도망이나 회피라 할지라도 가끔은 '에라 모르겠다.' 하며 튕겨 나오는 것이 치료의 시작일 수 있으니, 지금의 나를 가장 잘 아는 '나'에게 묻고 괴롭게 하는 많은 것들로부터 분리를 시작해야 한다.

074

잔잔하고 고요한 호수 같기를 바라면서도, 가끔은 바다 같기를 바란다. 바다는 온갖 더러움을 뒤집어써도 포용하니까. 온갖 구정물을 받아도 더렵혀지지 않는 바다. 내 인생에 불청객이 찾아들어도 본래 바닷물을 잃지 않는 바다처럼. 내가 나를 지켜내길 바란다. 사람은 쉬이 변하지 않는다고 하지만 이리저리 환경에 속아 또는 감정에 속아 변해가는 사람을 본다. 내 것이 아니라 남의 것으로 이루어진 것들은 빠르게 이질적으로 변해버린다. 애초에 바다가 아니었으니 섞여드는 오물에 따라 시시각각 변할 수밖에. 그것은 곧 확신 없는 스스로의 모습과도 연결된다. 오랜 시간 논리적으로 사고하며 다져진 내공으로 나만의 바다를 만들지 않으면 술인지 물인지도 모르게 줏대 없이 변해가기만 하겠지. <포용하면서도 내 것을 지켜가는 길, 인정하면서도 내 색을 잃지 않는 힘> 고집과 변덕 사이에서 아집과 줏대 없는 나 사이에서 끊임없이 아슬아슬한 줄타기를 하며 내 바다의 색깔을 만들어간다. 온갖 구정물에 마음 쓰는 나를 다독이며.

누군가 나에게 돌을 던졌다. '저 사람은 내게 왜 돌을 던졌을까?' 보통은 이런 생각으로 감정에 취한다. 하지만 사고를 전환하여 '내가 이 상황을 어떻게 받아들이고 있는가, 나는 다른 이들과 다르게 어떤 반응을 보이고 있는가'를 살필 수 있다면 그것만으로도 큰 도약이다. '나'를 바라볼 진짜 준비가 된 것이다.

나 아닌 다른 사람이 하는 말과 행동의 이유는 오직 그 당사자만이 안다. 내가 할 수 있는 건 단지 추측일 뿐이고 그것은 나를 더 불행하게 하는 부정적 사고와 이어진다. 그 답답하고 출구 없는 고민 속에서 나오면 절로 마음 안의 괴로움을 덜 수 있었다. '재가 저렇게 말을 하는데, 내 기분은 왜 이럴까' 또는 '친구와 똑같은 일을 겪었는데 왜 친구는 아무렇지 않아하고 나는 왜 기분이 나쁜가'와 같은 식의 사고가 필요하다.

　나에게로의 관심, 나에게 던지는 질문, 사고의 과정을 추적하고 감정과 사건을 분리하는 일이 점자 고요해신 내 마음에 도움이 된다. "너는 그렇구나. 지금 네 상황과 기분이 그렇구나. 근데 그런 널 바라보는 나는 왜 이럴까?" 나에게 말을 걸고 나랑 더 친해질수록 너와 더 깊어질 수 있다. 모두가 타인에게 시선을 던질 때, 나에게로 던지는 따스한 시선은 날 더욱 마음에 들게 한다.

　뿌리 없이 사는 기분이 든다. 통제력을 잃고 내리막길로 곤두박질치는 듯하다. 울고 싶어도 눈물이 도무지 나질 않았다. 내 마음과 감정의 주인이 더 이상 내가 아닌 기분이다. 내 안의 문제와 결핍은 그때그때 가장 빠르고 손쉽게 해결할 수 있는 원초적 행동으로 해결했다. 주체적인 선택이라 하지만 분명 길을 잃은 듯한 느낌은 지울 수 없다. '나는 뿌리를 어디에 내려야 하는가' 머리를 떠나지 않는 고민이 시작되었다. 뿌리를 내리지 않으면 내 잎과 줄기가 영영 썩어버리거나, 남들 맺는 열매는 평생 꿈도 못 꿀 것 같아서. 그래서 발을 동동 거린다.

　니체의 <도덕의 계보>에 매일 같은 시각에 듣는 종소리인데 문득 어느 날, 지나가는 종소리에 '나는 누구인가' 하는 실존적 물음을 던지는 사람이 등장한다. 스스로 혼자서 그런 질문을 만들어 내는 것을 당신은 특권이라고 했지만, 나에겐 이 괴로운 특권이 때론 버겁기도 하다. 그러므로 특권을 특권으로 이용하기 위해 '생각'하며 살아야 한다. '어떻게 사는 것이 잘 사는 것일까' '내 뿌리는 어디에 내리고 살아야 하는가' 답을 찾으면 몇 달, 몇 년을 편안하다가도 또 다시 종소리가 들릴지도 모르지만 말이다.

077

그래, 맞다. 네 인생이다. 너는 너의 인생을 걸어갈 뿐이다. 내밀지도 않은 손을 기어이 내가 부여잡고 그 길이 아니니 그 길로 가면 구렁텅이에 빠질 거라고 오지랖을 부려 너를 끌어당겼다. 자만과 오만에 구역감이 든다. 사람은 자기 경험 안에서 수많은 가치 판단을 내리고 산다. 적게 보고, 적게 듣고, 적게 해본 우물 안 개구리는 사고의 폭과 아량의 폭이 좁다. 내가 답일 거라는 생각을 지우면 편하다. 더구나 그 누구도 자기 인생을 평가하고 이끌어달라고 하지 않았다. 도움과 평가는 다르고, 진심어린 조언에 반드시 '판단'이 필요한 것은 아니므로 남의 인생에 함부로 끼어들고 있지 않은지 되짚어 본다. 보기 싫은 걸 들추자면 진정 너를 위해서가 아니라 그런 오지랖 부리는 내 모습이 스스로 대견해서 그럴지도 모르지. '아, 난 누군가에게 도움 되는 사람이구나.' 하고 자존감을 슬쩍 올려보려 했을지도 몰라. 정작 내 발 앞에 구렁텅이는 못 보면서 남의 일에 부리는 오지랖을 보면 사랑과 관심이 많아서가 아니라 오히려 그것의 부족함에서 기인한 결핍은 아닐까.

078

모든 일에 일일이 반응하지 않아도 괜찮다. 자판기 버튼을 누르면 반드시 그 음료가 나오는 것처럼, 나에게 닥친 일에 알맞은 반응이 쏟아져 나와야만 했다. 그런데 '음, 글쎄' 라거나 '흠' 과 같은 추임새로 건너뛰며 아예 반응하지 않는 것도 일종의 반응이 될 때가 있다. 그리고 그런 무반응이 나를 지키고 편안함에 이르게 하기도 한다.

이런 생각이 지나간 후에 상대의 침묵에도 고개를 끄덕일 수 있었다. '넌 지금 반응하지 않는 구나. 그래, 지금 네 마음이 그렇구나.' 하고 지나가 버리면 그만이다. 우리는 너무도 반응하며 산다. 좋고 싫고 화나고 슬픈 것에 일일이 지나친 감정을 쏟을 때가 있다. 아마도 그 뒤에 따르는 공허함은 잠시 잠깐의 씁쓸함으로 스쳐지나가겠지. 기억하지 못하는 것은 반복되기 마련이다. 감정 과잉 표출과 공허의 쳇바퀴를 벗어나면 처음은 불안과 어색함의 회색지대를 걷지만 이내 고요한 호수를 맞이하리라 믿는다. 모든 일에 일일이 반응하지 않아도 괜찮다. 그래, 괜찮다.

079

'나쁜 것들은 결국은 지나간다는 믿음' 그런 믿음이 있으면 괴로운 시간을 그나마 버텨낼 수 있다. 아주 사소한 성공 경험으로 자신감이 점차 쌓이듯, 나쁜 일을 대하는 자세 역시 지금의 기분과 생활 전체를 결정 짓는다. 대부분의 사람은 같은 패턴의 행동을 반복한다. '이거 아닌데' 싶으면서도 또 다시 같은 실수를 반복하고야 만다. 늘 선택한 후에 후회를 반복하는 지긋지긋한 패턴은 때론 스스로를 혐오하게 만들기도 하는데, 이때 필요한 건 '그럼에도 지나가더라.'라는 믿음일 것이다. 백 번의 선택 가운데 단 두 번의 잘한 선택이 있다면 점차 나은 방향으로 가고 있다는 것 아닐까. 당장은 괴롭다하여도 나쁜 일들은 지나갈 거라는 믿음으로 마음을 다스리면 똑같은 실수를 하더라도 조금은 덜 자책하지 않을까. 수직으로 나아가길 바라는 것은 욕심이다. 나선형으로 점진적인

발전이 있기를 바란다. 오늘의 괴로움도, 무기력도, 내려놓지
못하는 욕심도 지나가고 있음을 알아차린다.

080

마음이 괴로워서 해야 하는 일들이 많다. 곰곰이 돌아보면 그렇다. 배가 그리 고프지 않지만 먹어야만 할 것 같았던 음식들, 즐겁지 않아도 마셔야 했던 술, 오래 두고 쓸 일이 없는 걸 알면서도 당장의 조급증이 발동하여 충동 구매한 물건들. 그리고 굳이 맺지 않아도 됐었던 인연들까지.

내가 내 마음을 차분히 들여다보지 않아서, 그저 괴로운 마음이 시켜서 벌어진 일들이 많았다. 그 반대의 말은 '괴롭지 않았더라면 하지 않았을 일들'이 더욱 많았다는 것이다. 뭐든 해야만 하는 사람이 아닌, 무언가 하지 않고도, 말하지 않고도, 구매하지 않고도 그 가만한 침묵의 시간을 견뎌내는 사람이 되길 바란다.

그래서 들여다본다. 오늘은 괴로움으로 인해 하게 된 일과 말은 무엇이었니? 괴롭지 않았다면 하지 않았을 행동은 무엇이었니? 알기 위해 다가간다. 적어도 알면 선택의 기회가 있다. '괴로워서 그랬구나' 알면 그래도 열 번 중 한 번은 다른 선택을 해볼 수 있다. 그렇게 점차 거대한 파도를 누이고 뉘어, 고요한 호수를 빚어간다.

081

“너무 불안하게 살지 마라. 그만하면 됐다.” 살아온 시간보다 중요한 것은 그 시간 속에서 얼마나 느끼고 깨달으며 스스로를 들여다 보았는가이다. 순간순간 지나가는 감정과 생각들을 '원래 그래. 원래 그런 거야'라고 놓쳐버리면 다음이 없다. 호기심이 나를 마음의 중앙으로 이끈다.

'이만하면 잘하고 있는데 왜 만족을 모르니. 왜 자꾸 불만족으로 향하는 거니?' 마음에 대한 호기심을 품는 순간 내 귀는 내가 하는 말을 들으려 애써야만 한다. 공기 중으로 금세 날아 가버리는 내 음성을 가장 주의 깊게 들어야 하는 사람은 '나'다.

사람들 대부분은 내 앞에 누가 이야기 할 때 이미 그 사람 말이 끝나자마자 할 이야기를 미리 준비하고 있다. 그리고 자기 순서가 왔을 때, 입에서 나오는 말이 '왜, 어떻게' 나왔는지 생각할 겨를도 없이 뱉고야 만다. 지루하고 불편한 과정일 것이다. '나'를 마주하는 일은 사실 추잡하고 생각보다 더 큰 용기와 솔직함이 필요할지도 모른다. 고통 없이 좋은 변화를 기대할 수 없다. 혹시 지금 힘들다면 지금 더 나가고 있는 중일 것이다. 고뇌한 만큼 성장이 있을 거라 믿는다.

　내가 지난 과거에 받았으면 했던 것들, 들었으면 했던 말들. 그것을 모두 베풀고 살지는 못 해도 내가 듣지 말았어야 했던 말은 지금 아이들에게 하지 않으려 노력한다. 시끄러운 친구들 틈 사이로 혼자 오지 않는 잠을 청해보려 엎드리는 너의 모습을 보고 언제인지 모를 내 모습이 어렴풋이 떠올랐다. 그 마음이 헤아려져서 괜히 칠판 지우기가 힘든 척 너를 불러 이런저런 말을 붙였다. 그러면서도 많은 생각이 지나간다. 혹시 이렇게 선생님이 붙이는 말 몇 마디가 아이들 사이에서 더 주목받는 일이 될까, 부담스럽지는 않을까. 마음을 쓰고 마음을 쓴다.

　그래도, 그럼에도 아이야. 너의 보석같이 빛나는 날들을 시간이 지나면 티끌도 도움 되지 않는 일들로 너무 움츠려 보내지 말아라. 홀로여도 괜찮은, 혼자여서 즐거운 그런 사람으로 자라거라. 지금 너에게 찾아든 어둠을 기억해두었다가 어른이 되어 같은 어둠을 걷는 아이를 보면 꼭 안아주고 보듬어주어라. 지금은 내가 너의 든든한 지지자가 되어주고 싶구나. 그때 나에게 필요했던 어른의 모습을 기억하고 있단다. 나의 따스한 눈빛과 장난을 가장한 깊은 관심이 네가 그럼에도 살아가고 버틸 작은 계기가 되었으면 좋겠구나. 실은 나이가 들어도 그리 장밋빛의 밝은 행복이 기다리고 있다고 말할 수 없어 부끄럽지만 오히려 삶을 알아갈수록 벽에 부딪히는 일들로 내안의 수련을 거듭해 나가야겠지. 그럼에도 우리 살아 보자구나. 조금만 더 살아 보자구나 아이야.

083

사람들은 서로가 살아온 시간과 환경이 각자 다르다는 것을 알고 있지만, 내가 남들과 다르다는 사실을 받아들이기 어려워한다. 이 얼마나 모순적인가. "너를 이해하고 있어. 이해하니까 이제 내 이야길 들어보라는 거야." 아니 정말 있는 그대로를 수용한다는 말은 그 어떤 나의 의견도, 평가도 포함하지 않고 받아들일 수 있을 때 쓰는 말이어야 한다.

우리는 '다름'을 인정한다고 말하면서 얼마나 '같음'을 강요하고 있는가. 타인에게도, 그리고 나 스스로에게마저 남들처럼 살아내기를 얼마나 종용하는가. 모두가 같으면 얼마나 재미없는 세상일지 상상조차 하고 싶지 않으면서도 남들만큼, 그들처럼 되지 못하면 불안해하는 그 스스로의 목을 죄는 모습을 또 얼마나 우스운가. 삶은 이다지도 역설적이다. 이럴 때

일수록 나만의 길을 소신껏 걸어가는 사람을 찾아본다. 그리고 그를 통해 이 비루한 마음 한편에 용기를 얻어간다. 사람은 결코 혼자서 잘날 수 없고 획일화 되어 빛날 수 없다. 우리 고유의 빛깔 하나하나로 아름다운 것이니 나 있는 그대로 믿어주면 좋겠다.

084

늘 그랬듯 나에게 이러한 말을 해줄 수 있는 사람은 나뿐이라는 걸 잘 안다. 오늘도 나 자신과 대화를 나누며 잠자리에 든다. "너 새별 오름 근처에 '나 홀로나무' 봤지? 사람들이 왕따 나무라고도 부르던데 기억나? 그 허허벌판에 혼자 서 있는 나무는 많이 외로울까? 난 아니라고 믿어. 홀로 곧게 자기 자리를 지키고 있으니 하루에도 수많은 사람들이 같이 사진을 찍자고 주변에 모여 들잖아. 그것처럼 너도 똑같아. 너 스스로 지금 그 자리에서 뿌리 내리며 단단함을 기르고 있으면 너의 향기를 맡고 찾아오는 이 한 사람쯤은 있을 거야. 혼자이고 싶지만 혼자이고 싶지 않은 너의 마음 십분 이해해. 오늘 하루도 잘 버텼어."

나에게 일어나는 모든 일들에는 이유가 있다. 이유 없는 변화는 없다. '왜 그럴까?' 자문하며 답을 찾아가는 과정에서 깨달은 바가 있었다. 대개 하나의 이유에만 꽂혀서 그것이 전부라고 생각하는 오류를 범하는데 가령 "왜 가기 싫은 약속 장소에 꾸역꾸역 나가고 있는가?"에 대한 이유를 '당일에 약속 깨는 건 무례하다고 욕먹을 짓이니까' 하나로 귀결시키는 것이다. 그런데 조금만 들여다보면 안다. 모든 일에 대한 이유는 늘 여러 가지인데 우리가 어느 것에 의미를 두고 있는지가 중요한 것이다. 이 과정을 알고 의식적으로 자신의 사고를 돌아보고 또 관찰해보면 예상치 못한 순간에 한결 마음이 가벼워진 '나'를 발견할 수 있다. '그럼에도 하기 싫은 일을 하는 이유는 욕먹기가 두려워서, 미움 사기 싫어서, 스스로와 한 약속이라서, 강박 때문에, 하고나면 얻어질 것이 크기 때문에 등

수없는 이유들이 있을 텐데 그렇다면 나는 이중에서 어느 이유에 가장 큰 방점을 찍었느냐가 중요하다는 말이다. 그렇다면 자연스레 다음 질문이 따르겠지. '왜 그 이유에 가장 큰 방점을 뒀니?' 그 실마리를 풀고 풀어가는 과정에서 내 마음이 향하는 곳을 발견할 것이다.

086

지나간 것에는 의미를 두지 않는 편이 좋다. 새삼 고마운 일인지는 몰라도, 안 좋은 기억은 빠르게 잊어버리는 편이라 흘러 지나감의 이유가 있었던 일까지 모조리 잊어버리고 나는 다시 붙잡기도 했다. 갈 때는 갈만한 이유가 있었다. 일도 사람도 모든 것이 그랬다. 그러니 다시 되돌려도 같은 결과가 나올 수밖에. 그걸 깨닫기까지 너무 오랜 시간 나를 자책하고 원망했다. 뒤를 돌아보기보다 나아갈 길에 어떤 사람과 함께하면 좋을까 고민하면 좋겠다. 그 과거를 반면교사하여 앞으로의 더 나은 내 모습을 만들면 좋겠다. 이런 다짐이 무색하게도 같은 실수를 반복할지도 모르겠다. 그러나 내 평생 만들어진 이 습관에 이길 때도 있고, 질 때도 있겠지만 고민의 자체로 좋은 출발임을 믿어주자. 적어도 알면 선택의 기회는 있으니까. 평온한 천국에서 혼자 악몽 꾸는 짓은 이제 그만할 때도 되었

다. 지금, 여기가 지옥이 아니라 당신 혼자 꾸고 있는 꿈이 악
몽은 아닌가. 깨어날 때가 되었다.

087

괴로워서 그랬나보다. 화분을 사들이고 물고기 몇 마리, 보이는 곳에 두려고 했던 게. 함께 숨 쉬는 무언가가 옆에 있었으면 해서, 그래서 그랬나보다. 일전에 어른이 되었다는 걸 언제 깨닫느냐는 질문을 받은 적이 있다. 내 손으로 세금이나 공과금을 지불할 때, 여행에서 돌아올 날을 미리 정하지 않을 때, 그런 순간들이 떠오르긴 했지만 그것으로 내적성숙을 이야기하긴 어려웠다.

그런데 지난 밤 나는 조금 더 어른에 가까워졌다. 역시 힘든 일을 겪고 나면 인간은 자라나보다. 어린아이가 밤새 키 크느라 성장통을 겪는 것처럼 이별의 아픔을 견뎌야 비로소 영혼의 성숙을 이루는 것처럼. 통과의례란 그런 것이었으니까. 이제는 나의 괴로움을 적당히 숨겨야 한다는 걸 안다. 아프면 아프다고 말하지 못하는 것이 주변을 덜 사랑해서일까. 자정이 넘은 시간 혼자 응급실을 찾아가고, 돌아오는 차안에서 서러움을 토해내며 쏟은 눈물은 그녀를 어른에 가까워지게 했을까. "그래, 어른은 얼마 뒤면 괜찮아질 일 앞에서 호들갑 떨지 않는 거야. 눈물로 삼켜내면 그만인 거야. 서러움과 외로움, 더 이상 둘이 되지 못하는 아픔도 그런대로 흘려보낼 줄 아는 거야." 그래서 자꾸만 내 걱정으로 힘들어 할 일 없는 화분을, 물고기를 두려는가보다. 알량한 이기심이겠지만 괴로워서 그랬나보다.

088

"사람들 대부분은 다 그래"라는 말로 자신의 과오를 무시하거나 덮어버리려는 모습이 안쓰러웠다. 그것은 더 이상 자기 자신과 대화를 하고 싶지 않다는 표현이기도 했다. '다들 그러고 사는데 왜 나한테만 그래? 원래 그런 거야.' 라는 식의 이야기는 사실 스스로를 사지에 몰아넣는 것과 같다. '다들 그렇다'라는 말로 잠시 눈을 가리고 싶었겠지만 실제로 나와 다르게 사는 사람이 더 많고 설령 그렇다 해도 나아지는 것은 단 하나도 없었다. 내 점수가 50점인데 친구도 50점이면 한결 기분이 나아지는가. 주식으로 돈을 잃었을 때 누가 나보다 더 손해를 봤다고 하면 괜히 위로가 되는가. 그게 대체 나와 무슨 상관인지 따져 물어야 한다. 변하고 달라지는 건 하나 없는데 아니, 오히려 그런 식의 사고에 내성이 생기면 더 뒷걸음질 치는 일뿐인데 철저히 개인적이어야 할 때는 바로 이런 순간이다. 나에게 일어난 일에 솟는 감정에 집중하자. 부질없는 '다들 그래' 같은 말로 퉁- 치려하지 말고, 내 목소리는 내가 듣자.

089

나보다 못한 사람을 보면 위로를 얻는가? 그게 뭐 어떻냐고, 어차피 그 사람은 모르지 않냐고, 그렇게라도 내가 위안받으면 그걸로 좋은 것 아니냐고 한다. 그건 참 여러 관점에서 봐도 별로다. 우선 현재 나의 문제를 남의 불행으로 위안삼아 덮어버리면, 더 나아질 기회도 변화의 노력도 없을 것이다. 사실 이보다 더 별로라 여겨지는 점은 남의 불행을 도구로 쓰고 스스로 우월감을 느낀다는 부분에 있다. 슬프고 안타깝지 않은가. 나를 달랠 길이 고작 타인의 아픔이라니. 그리고 그런 것들에 공감이 아닌 우쭐한 연민과 동정으로 우위를 차지한다는 것이 말이다. 엄연히 들여다보면 불행한 남을 그렇게 바라보는 조금 더 불행한 내가 있을 뿐이다. 왜 그렇게 반응해야만 할까. 왜 그것으로 위안 삼는 가에 대한 답을 하나씩, 하나씩 적어가면 좋겠다. 베풀며 살면 더할 나위 없겠지만, 또는

복을 지으며 살면 더 없이 좋겠지만. 적어도 악을 내 손으로
빚을 필요는 없지 않은가. 생이 이토록 짧은데 말이다.

090

"방 한편에 크게 <허송세월>이라 써 붙여놔. 그리고 그냥 아무 것도 하지 말고 시간을 보내봐." 언제부터였는지. 삶의 원동력이 무어냐 물으면 자연스레 '불안'이라 답을 했다. 긍정보다 부정의 힘으로 이끌어가는 삶은 언제 어디서고 터질지 모르는 화약고 같았다. 그 누구도 예견할 수 없는 앞일을 혼자 점치며 '혹시 잘못되면 어떡하지? 그때는 어떡해야 하지?' 생각만 해도 숨 막히는 불안으로 지금의 나를 만들었다. 그래서일까. 대견할 법한 일도 그 다음의 불안과 걱정을 당겨 써버린다. 가만히 있어도, 아무 것도 하지 않아도 가끔은 그런대로 흘러간다. 그렇다는 걸 알지만 습관이 나를 이겨 삼킬 때, 벽에 붙은 종이의 <허송세월>을 바라본다. 하는 일 없이 헛되이 시간을 보낸다는 뜻인데, '헛된 시간'이란 것이 과연 있을까. 지나고 보면 그럼에도 필요한 시간이었음을 깨닫는다. 내가 보낸 오늘의 헛된 시간, 당신이 보낸 부질없는 시간, 내일의 허송세월을 간절히 응원한다.

날을 세운다. 갈수록 뾰족하고 첨예하게, 날을 세우는 것만이 나를 지켜내는 일이라 믿었다. 그것은 예민함, 과잉된 자의식으로 벽에 나를 가두는 꼴이 되었다. 선생님을 붙잡고 한숨 지으며 이야기 했다. "다람쥐가 쳇바퀴 도는 것처럼요. 나아짐 없이 계속 같은 실수만 반복하고 있어요. 다시 공황이 재발된 것도 그래요. 아, 나는 이 굴레에서 벗어날 수 있을까 생각해요. 저는 나아질 수 있을까요." 비록 썩 마음에 들지 않는 내 모습이지만 그래도 조금 변한 것들에 대해 생각한다. 이전보다 '나'스스로를 들여다보고 있다는 것. 순간순간의 '나'를 알아차리고 있다는 것. 큰 변화라면 변화일테지. 그런 식의 통렬한 자기반성과 자기인식이 한 번쯤은 쳇바퀴를 끊어놓기도 할테니, 덧없고 사소한 이 삶이 단 몇 차례의 만남으로 또는 단 몇 권의 책으로, 단 몇 마디의 말로 구제받을 수는 없다

하더라도 은폐된 삶의 실상을 파헤치려는 긴장과 노력은 적어
도 이 삶을 견디고 살아 낼만한 것으로 만들 것이다. 날을 무
디게, 통렬한 자기 인식으로.

　친구는 내가 괴로워할 때마다 법정스님의 말을 빌려와 이야기했다. "그물에 걸리지 않는 바람처럼 살아라." 알 듯 말 듯 난해하기만 했던 그의 말이 많은 것들을 어쩔 수 없이 내려놓게 된 지금 조금이나마 이해되기 시작했다. 바람은 끝없이 불지만 어느 것에도 잡히는 법이 없다. 아마 하나하나의 일에 반응하고 매여 있는 내가 부디 바람처럼 벗어나 자유롭기를 바랐던 모양이다. 흔적 하나 남김없이 벗어난다는 것이란 무엇일까. 가슴 속에 응어리를 내버려 두지 말아야 한다. 겁이 나고 두려워도 한발 내딛는 것이 중요했다. 결과가 미비하더라도 시도 자체에 의미가 있었다. 고요하고 담담하게, 더 이상 곰팡이 핀 채로 속 안에서 썩어가지 않게, 이야기 꺼내고 묻고, 궁금해 하며 원망도 하다가 세월 속에 벗어 던져버리기를. 그러다보면 자기도 모르게 시간 속에서 바람이 지난 자리에 잠시 풀이 누워도 언제 그랬냐는 듯 다시 일어나는 것처럼.

 구더기가 무서워서 장 못 담그는 사람. 일이 일어나기도 전에 미리 걱정하고 그러다 때론 섣불리 때 이른 결정까지 내려버리고 마는 사람. 내가 가진 여러 모습 중 일면의 소개다. 이것도 나 스스로를 아끼고 사랑하는 마음 덕분이라 할 수 있을까? 내가 다치지 않았으면, 괴로울 일이 생기지 않았으면 하는 방어기제가 작동해 '장'도 못 담그게 하는 것이다.

 그런데 꼭 구더기가 생기리란 보장도 없고, 구더기가 생겨도 그까짓 거 집어 꺼내 없애버리면 그만이지. 용기와 자신감이 필요하다. 나를 지키는 길인 줄 알고 자꾸만 높게 벽을 세우다간 자승자박의 꼴만 나고 말 일이다. 나를 부정하는 일부터 바로 잡아야 한다. 구더기에 잡아먹히고 말거라는 부정적 개념부터 지워내고 진짜 나를 사랑하는 일이 무엇인지 내면을 들여다본다. 사람은 어디를 봐야 할지 알면서도 두려워한다. 두려움을 잊으려 계속 다른 곳을 보기도 하는데, 이제 직면과 동시에 '나'를 좀 더 높은 곳에 올려놓고 중얼거려 본다. "구더기 그까짓 거 뭐라고"

　'먹다'의 뜻은 아무래도 살아남기 위해서라거나 허기를 달래고 기분을 나아지게 하기 위하여 입안에 음식물을 넣고 소화시키는 행위쯤으로 본다. 다시 말해 더 나은 상태를 바라는 의지적 행동인 것이다. 나는 또 한 살, 나이를 먹었다고 말할 수 있을까. 나이는 먹는 것일까, 나이는 드는 것일까. 그저 시간이 흘러가는 대로 세월 따라 오히려 퇴행하는 삶도 나이를 먹었다고 할 수 있을까.

　새해 벽두가 되면 으레 고해성사의 시간을 갖는다. 연말결산 같은 걸 차분히 해보는 것이다. "일 년 간 가장 즐거운 만남은 누구였니. 맛있었던 음식은 무엇이 기억에 남니. 두 눈에 사진처럼 담아둔 장면은 무엇이니. 좋았던 책과 영화는 무엇이니. 새해에 가져가고 싶지 않은 기억은 무엇이니." 글로 쓰거나 내뱉어보면 그래도, 그럼에도 그럭저럭 잘 살아와준 내가 대견하다고 느끼며 나이를 이렇게 한 살 먹어가는구나 느낀 다. 1년을 먹고, 지금의 충만함과 감사함, 후회와 성숙을 소화 해 다음 1년의 양분으로 삼는다.

095

거절의 역사, 거부의 역사가 한 사람의 인생에 관여하는 깊이는 얼마나 깊고 치명적일까. 가장 가까운 사람으로부터의 버림받음 또는 배신은 그 사건만으로 끝나지 않는 것이 보통이다. 거부의 이유를 자기 안에서 찾으려 하다보면 끝없는 자기비하가 자존감을 무너뜨려 내딛는 한 발마다 지나친 자기 검열을 유도한다. 말과 행동이 크게 과하지도 않으면서 적당히 자연스러운 사람에게선 형용하기 어려운 여유가 느껴진다. 그 '자연스러운 여유'는 흉내 내고 싶다고 해서 따라할 수 있는 것이 아니다. 자기비하와 거부의 역사가 깊을수록 자연스러움과는 거리가 멀어진다. 타인을 의식하고 비교하며 '나'를 인식하는 행위는 거절, 거부당하지 않기 위한 몸부림이라고 봐도 무방할까. 지나친 비약이라 할지도 모르겠다. 그러나 하나 명백한 것은 내가 부자연스러움을 느낄 땐, 대부분 사람들도 같은 것을 느끼고 있으며 당사자 역시 불편해하고 있다는 것이다. 감정은 쌍방향이므로 부디 자연스러워지려 노력한다. 지나간 거부의 역사는 덮어두더라도 더 이상 자기비하, 비교 의식을 먼저 내려놓자. 뒤돌아서면 시간이 없다. 이 순간만 있을 뿐이다.

096

슬프고 무서운 생각이다. 나이든 내 모습이 잘 그려지지 않는다. '요절'이라는 단어가 그리 멀게만 느껴지지 않았다. 으레 남들이 결혼을 하고 아이를 낳고 중년이 되어 노년을 준비하는 그 생애주기가 비현실적인 판타지로 보인다. 할머니는 원래 할머니로만 살아온 사람처럼, 시간의 흐름은 간과한 채 순간만 기억된다. 그래서일까? '지금, 여기'에만 집중하다 보니 미래의 내가 그려지지 않는 것이다. 불확실한 미래는 말 그대로 정해진 것이 없어서 무엇이 기다리고 있을지 모르는데 그걸 까만색으로만 단정 짓는 스스로가 원망스럽다. 그래, 내 마음이 지옥이다. 다른 게 지옥이 아니라 내가 빚어내는 이 마음이 지옥이다. 그럴 때, 당신은 말했다. 당장 일어나서 춤을 추라고. 그럴 기분이 아닐수록 더욱 몸을 일으켜 무릎을 까딱까딱. 어깨를 들썩들썩. 춤을 추라고. 비록 눈물을 흘리고 있

어도 리듬을 타보라고. 요즘 하루도 거르지 않고 요상한 춤을
춘다. 덕분에 아직 살아있다.

097

사소함이 전부를 말해줄 때가 있다. 작위적이고 거창한 것이야말로 기억 속에 티끌만한 먼지로 남는다. 사소함은 소리 내는 법이 없다. 알리려고 하지도 않는다. 그저 해오던 일을 자연스럽게 행할 뿐이다. 사소함은 알아주길 바라지 않는다. 단지 마음이 전해지길 바랄 뿐이다. 윗사람을 위해 문을 잡아주는 사소함, 음식을 선물 받고 그 그릇에 다시 음식을 채워 돌려주는 사소함, 껌이나 침을 함부로 길에 뱉지 않는 사소함, 고마운 것을 고맙다고 인사하는 사소함, 사소함은 무섭게 몸에 베여있는 것으로 어느 날 갑자기 꾸며내기 어려운 습관 같은 것이다. 사소함으로 사람의 마음을 얻기도, 때론 잃기도 한다. 사소함을 볼 줄 알게 되었다면 그 길을 함께 걸을 사람을 만나게 될 것이다. 그만큼 보는 눈이 달라졌으니까. 화려하지만 이내 없어지고 말 불꽃보다 매일 밤 사소하게 느껴지는 별

빛으로 감동받게 될테니까.

098

행복한 인생이란 대부분 조용한 인생이다. 가끔은 아무 일도 일어나지 않는 일상에 감사해야 한다. 영화와 음악, 그리고 좋은 책은 우리에게 좋은 자극이 된다. 음악을 듣고 편안함을 느끼고 책 속의 어느 구절이 종일 머리에 맴돌아 마음을 달래기도 한다. 영화 장면은 시각과 청각을 동시에 자극해 그 얼마나 짜릿한가. 자극은 삶을 이어가는 데에 필수적인 요소일 것이다. 당신은 이러한 모든 자극에서 벗어나 본 적이 있는가? 그저 자연 속에서 가만히 하늘을 쳐다보며 권태로웠던 적은 언제였는가. 우리는 오히려 자극이 없는 곳에서 깊은 내적 성장을 이루어낸다. 권태로움의 반대는 즐거움이 아니라 자극이다.

무너져 내릴 것만 같을 때, 눈에 잘 보이는 곳에 사람의 이름을 써서 붙였다. 그 이름들을 보면 그래도 내일까지는, 다음 달까지는 이번 년도까지는 잘 버텨보자고 용기가 생겼다. 그 이름의 주인은 '내가 챙겨줘야 하는 사람들'이었다. 여기서 '챙겨줘야함'이란 살면서 드문드문 생각날 때 밥 한 끼 대접하고 싶은 마음이 드는 사람. 또는 곁에서 "많이 힘들죠. 천천히 당신 속도에 맞춰서 가도 괜찮아요. 조급해 말아요." 라는 이야기를 꼭 해주고 싶은 마음 같은 것이다.

처음엔 한 두 명도 떠오르지 않던 것이 생각보다 나의 작은 마음이 필요로 하는 사람들이 내 주변에 많이 있었다. 그리 친하지 않더라도 사소한 인사나 짧은 응원을 해주고 싶은 그 이름. 오래 연락하지 않았어도 갑자기 전화 걸어 건강은 괜찮은지 요즘 기분은 어떤지 묻고 싶은 또 다른 이름. 꼭 한 번 맛있는 식사를 대접하고 싶은 그 이름. 그 이름들이 벽 한편을 차지하고 나를 바라볼 때 나는 더 이상 무기력과 불안 속에서 헤매고 있을 수만은 없었다. 내가 챙겨줬을 때 그 마음을 고마워하고 누 배로 주려는 사람들이 있다는 믿음이 때로는 나를 하루 더 살게 한다.

시작은 우연일지 모르나 이후에 이어지는 우리 관계는 서로의 배려와 노력으로 만들어졌다. 4년 전 제주도에서 우연하게 알게 된 그녀는 강단 있으면서도 스스로를 사랑할 줄 아는 사람이었다. 그녀와 나는 육지로 돌아왔고 우리 사이의 거리는 4시간이라는 대중교통만이 이어줄 수 있었다. 어쩔 수 없이 매일 봐야하는 학교, 회사, 즉 별 노력이 없어도 만날 수 있는 관계가 아니라면 서로의 노력만이 그 끈을 이어갈 수 있다. 내가 아끼고 좋아하는 사람들을 떠올려본다. 이제는 학교에 가면 당연히 만날 수 있었던 친구들이 아니기에 애써 시간을 들이고 마음을 꺼내어 표현한다. 아마도 이 관계의 전제는 쌍방향의 노력이겠지. 한 사람만의 일방적 노력은 얼마 안 가 실망과 아쉬움으로 변해 버릴테니까. 그래서 서로 다른 지역에서 서로 다른 업을 가지고 각자의 삶을 살면서도 애써 시간을 내고 날 위해 우리의 관계를 위해 공을 들이는 그 노력이 참으로 소중하고 고마운 것이다. 날 노력하게 만드는 사람들.

101

떠나감, 이별에 대해 생각한다. "모든 만남에는 다 이유가 있는 거란다. 그 사람이 네 인생에 들어온 것은 너에게 무언가를 가르쳐주기 위함이었어. 그리고 그 깨달음이 다 하고 나니 그 사람은 가버릴 수밖에 없었던 거야. 우리는 살면서 좋은 일로 인해 얻는 깨달음보다 슬프고 부정적인 일들로 얻는 깨달음을 더 크게 기억하곤 한단다.

너 역시 누군가에게 상처를 줌으로써 배운 일들이 있을 거야. 또는 내가 남에게 얻음으로써 깨닫는 바도 있을테지. 뺏음으로써 얻는 것 또한 있을 거야. 필요해서 왔고 그것이 다 되어서 가는 거란다. '마음을 다 나누었는데 어쩜 그럴 수 있어'라며 배신감에 치를 떨다가도 그러려니 세월 속에 보내버리렴. 그것은 그것대로 지나고 나면 그만이란다. 내가 잡아둘 수 없

는 끈은 놓아버리고 나에게 남겨둔 깨달음은 무엇인지 집중
하렴. 그것을 통해 성장하는 것은 나의 몫이란다. 너는 그들
로 인해 무얼 배웠니?"

102

미래는 예측하는 것이 아니라 대응하는 것이다. '그 일이 잘 안될 것 같아. 또는 우리 관계가 틀어지면 어떡하니, 인정받지 못하면 슬플 것 같아. 아니 그래서, 점집에서는 뭐라 그래? 잘 된대?' 이런 불확실의 두려움으로 현재를 메워하고 있는 건 아닐까 돌아볼 필요가 있다. 나는 그래도 잘 하고 있다 믿었다. 조금 게으르고 일을 잘 미뤄서 그렇지, 하면 잘 한다고 어쭙잖은 자만과 거만으로 하루하루를 때웠다. 세상을 알아갈수록 이해할 수 없는 사람의 숫자만큼 각자의 소관 안에서 존경할만한 사람의 숫자가 눈에 보였다. 그들은 대개 현재를 살고, 어떻게 될까 미래를 점치기보다 지금 할 수 있는 일을 하고 있더라. 최선을 다 해도 내 뜻과 다르게 일이 엎어질 때도 있다. 예측하지 못해 속상하고 억울할 수 있다. 외부에서 작용하는 힘까지 내가 어쩔 수 있나. 지금을 대응하는 것.

내 마음을 내가 다독이는 것. 크게 반응하지 않아도 괜찮다고
이야기해주는 것으로 이 시기를 흘려보내야 한다.

103

<당연함>이란 얼마나 위험한 말인가. 나에게 당연한 일이 상대에게는 생각해보지도 못한 일일 때 그에게 <당연함>이란 일종의 폭력이 돼버리는 것이다. 그래서 내 생각의 방향은 내가 아닌 '남'을 향해 흐른다. 대부분의 사람들이 동의하는 '상식'도 당연함의 일부분이라 생각했다. 상식을 벗어난 행동을 볼 때면 그 당연하지 않음을 인정할 수 없어 화가 나면서도 한편으로 그 사람을 이해하려 애썼다. 백퍼센트 완전한 당연함은 없으니까, 그의 입장으로 보려고 무던히 애썼다. 시간이 흐를수록 다른 것과 틀린 것을 구별 짓기가 힘들어진다. 엘리베이터를 잡고 기다려주면 고맙다고 인사하고, 부딪히면 미안하다 인사하는 것이 당연하다고 생각하며 살아왔지만 이제는 그것이 꼭 당연한 것만은 아니란 것을 인정해야 한다. 고마움을 강요할 순 없다. "제가 해달라고 그랬어요?" 라는 말로 도리

어 상처받고 싶지 않다면 내가 정해둔 당연함일랑 곱게 접어 두는 편이 좋다. 당연한 사람도, 당연한 호의도, 당연한 친절도 없다. 그래서 조금 더 예민하면 좋겠다. 어느 것 하나 당연한 것 없으니 고맙다, 미안하다 말하면 좋겠다.

104

"아무 이유도 없이 스스로를 좋아해주렴" 안타까움을 담은 손이 내 등을 토닥였다. 내가 사람들을 챙기고 사랑했던 만큼 나 스스로를 사랑해주었다면 지금은 조금 달라졌을까. 나를 괄시하지 않았다면 어땠을까. 사람이 죽으면 여러 심판을 받는다고 하는데, 다른 사람에게 상처 주지 않고 그래도 베풀고 살아서 지옥에는 가지 않을 거라 생각이 드는 찰나에 <나는 아마 나를 사랑하지 않은 죄를 받을 것이다.> 라는 생각이 스쳤다.

"그래, 이제부터라도 나를 좋아해볼게. 좋아하는 데에 이유 찾지 않고 말이야. 아침 일찍 일어났으니 이런 내가 좋아. 운동 미루지 않아서 이런 내가 좋아. 이런 모래 속 바늘 찾기 더 이상 하지 않을게. 이유를 찾다보니 내가 미워졌을지도 몰

라. 늦잠 잔 날은 날 미워하기 충분했으니까. 운동 미루고 살이 찐 나는 극도로 저주해도 충분했으니까. 스스로 족쇄 채우지 않을게. 아무 이유 없이 그냥 스스로를 좋아해볼게. 거울을 마주해볼게. 거울 속 나를 그냥 안아줄게."

105

끝없이 부유한다. 나와 함께 떠다니던 친구들은 하나씩 하나씩 자기 자리를 찾아간다. 학창시절, 같은 일로 함께 웃고 울었던 친구는 이제 서로 다른 일로 각자의 아픔을 견딘다. 구구절절 늘어놓던 말들을 생략하고 "잘 지냈어?" 라는 말에 "그냥 그렇지." 라는 뻔한 말로 각자의 자리를 지킨다. <한 때>는 정말 <한 때>일 뿐이었을까.

한 때 마음을 섞고 감정을 나누었던 그대들은 또 어느 누군가에게 뿌리를 내렸을까. 나는 내려앉으면 빗자루에 쓸려갈까 걱정하는 먼지처럼 여전히 부유한다. 완전한 착지, 완전한 반려란 애초에 없는 것이다. 앉았다가 부는 바람에 다시 날리는 먼지처럼 <한 때>라는 말로 그날들을 회상해야 하는 우리들처럼. 영원한 것은 세상 끝 어디에도 없다고 지나갈 것 지나

가버릴 것이라고 생각하면 지금의 부유가 그리 슬프지도 아프
지도 않다는 걸 알면 좋으련만. 그놈의 <한 때>와 <뿌리>에
집착하는 내 모습이 어쩐지 지독하게 밉다가, 밉다가 안쓰러
운 날이다.

때로는 남들이 먼저 경계를 만들어주기도 하지만 가장 좋은 건 나 스스로 남들로부터 경계를 만들어 나를 보호하는 것이다. 나는 벽이 없다. '나'라는 세계에 누구든 들어올 수 있게 했고 날 궁금해 하는 건 나에 대한 호의라고 여겼다.

어린 꼬마 아이는 사탕에 마음을 열고, 이 늙은 태아는 웃음과 잘 만들어진 가면에 마음을 팔았다. 경계심, 울타리 그런 것은 나와 먼 이야기이고 내 마음은 서점 한편에 놓여있는 '무가지' 쯤으로 보아도 무방할테지. '닳고 닳으면 단단해진다는데 왜 내 마음은 닳을수록 힘을 잃고 사라져버릴 것만 같을까?'

<경계>를 만들자. <울타리>를 세우자고 다짐한다. 아주

작은 것부터 나만의 룰을 세워본다. '나' 아닌 그 누구도 침범해선 안 될 영역, 행동 강령을 세워보는 것이다. 뒷일 걱정하지 않고 거절해야 할 일에는 가차 없이 끊어내는 것. 어디 가서 쥐터지고 오면 그런 날은 스스로 자책하지 않고 '나' 많이 보듬어주는 것. 그럼에도 살아보자고 나부터 지켜내는 것이 먼저일지도 모르겠다. 단단히 울타리를 만들어보자.

107

천천히 가도 괜찮다. 조급하지 않아도 괜찮다. 빨리 이루고 싶어서 조급해 하고, 이 계획을 성공해야 또 그 다음을 향해 간다고 스스로 채찍질한다. 문득 "빨리 가서 뭐할래?"라고 물었다. 그렇게 빨리 가서 그 다음엔 뭘 할 것인가 생각해 보니 딱히 답이 없었다. 원하는 명예와 부를 원 없이 누릴 수 있나? 하고 싶은 것만 하면서 걱정 없이 살 수 있나? 밥벌이에서 자유로울 수 있나? 천천히 해도 괜찮다. 천천히 가는 과정에서 깨닫는 것이 가장 크리라 믿는다. 이루고 나서 얻는 깨달음보다 그곳까지 도달하는 데서 얻는 경험치가 내 인생의 이력서라 믿는다. 미리 가면 다시 돌아오는 길 밖에 없다. 빨리 가면 빨리 사라지는 것 밖에 없다. 많이 가지면 없어지는 일 밖에 없다. 더 많이 더 빨리는 그만큼 더 빨리 많이 잃게 되는 방법일지도 모른다. 천천히, 나를 믿고 조급해하지 않는 것. 그리고 지금 이 과정을 최대한 느끼고 가슴에 담아둘 것. 내가 나를 얼마나 믿고 지지하는지 나에게 스스로 이야기해줄 것. 그것이 바로 조급증을 그나마 달래는 길이라는 것을 이제야 조금씩 알아차린다.

108

내일 또 무너질 결심이라도 온 마음 실어 마지막인양 다짐을 한다. 동물의 세계에서 나를 똑 닮은 동물을 찾아보았다. 용맹하고 거침없는 육식 동물은 내 깜냥이 못되었고, 고요히 풀을 뜯는 초식동물이라면 닮은 구석이 있다가도 이리저리 눈치를 살피는 미어캣. 포식자에게 잡히면 죽은 척 하면서 배를 내어주는 힘없는 동물 그쯤으로 찾을 수 있겠다. 어쩌면 뒤집어져 하얀 배를 보이는 고슴도치 같달까.

자주 그런 생각을 한다. 나를 지키며 사는 방법은 무엇이 있을까. 누가 가당치도 않은 말로 나를 위협하고 함부로 대하는데 나는 그때마다 입술을 꼭 깨물고 미안한 것도 없는데 먼저 사과를 해댔다. 위기모면을 위해서 나를 숙이는 것. 더 큰 일로 만들지 않으려 회피하기도 했다. 그런 다음 집에 돌아와 곰곰이 생각해보는 것이다. '말도 안 되는 일로 이렇게 다친 내 마음은 그럼 누가 알아줘? 나는 대체 누가 지켜줘?' 그래서 또 결심을 하는 것이다. "더 이상 맺지 말자. 상처로 돌아올 잠재적 칼날들이라면 맺지 말고 홀로여도 충분하도록 살자. 책을 가까이하자. 인내하자."

109

선들이 하나씩 희미해질 때마다 시간은 흐르고, 나 또한 변하고 있다는 걸 깨닫는다. 나에게는 내가 정해놓은 얇고 굵은 무수한 선이 있었다. 때때로 옳고 그름을 가르는 기준이 되었고 세상을 바라보는 잣대가 되기도 했다. 가령 취미나 취향이 나와 너무 다른 사람은 시작부터가 어려울 거라는 생각. 처음의 인상이 전부일 거라 여기고 더 이상 사람을 알아가 보려 하지 않았던 오만함. 지금 당장 인정받지 못하면 그 기회는 끝일 거라 생각했던 조급함들이 그랬다. 좁고 어두운 우물 안에만 살면 그것이 전부인 줄 아는 개구리처럼 내가 믿는 것만이 정답인양 굴었다. 고통과 번뇌만이 다음으로 나아갈 단계였을까. 한철 마음고생을 하고나면 내가 그어놓은 실선들이 희미하게 점선이 되고 끝내 지워지기도 하더라. 또는 새로운 색깔의 실선이 그려지기도 하겠지. 목표도 없고, 목적도 없

다. 그저 깨닫고 지우고 새로 그리고를 반복한다. 언제까지라
는 기대도 어리석다. 가다가 뒤돌아봤을 때 자취가 마음에 들
면 그만이다.

110

"삶을 살아오면서 매일 반복하는 일 가운데 그럼에도 적응되지 않고 어색한 일이 있나요?" 그는 이것을 인도에서 말하는 카르마라고 했고 불교에서의 업이라고도 했다. 매일 매일 반복하는 일, 일상에 녹아 아무렇지 않을 법하기도 한데 나에게 여전히 어려운 일. 나에게 그런 일은 <거울보기>다. 하루에도 두세 번 이상을 거울 속 나를 바라보지만 볼 때마다 낯설고 나로 인정하기가 두렵다. '이인증'인가? 고민하던 찰나 그 안에는 어렸을 적부터 인정에 목말라 있던 내가 울고 있었다. 인연설이나 사주팔자, 카르마로 해석하자면 어릴 적 고착된 생각으로 거울을 두려워하는 업이 생겨버린 것이다.

우리는 대개 의식적으로 움직인다 하지만 사실 '나'를 움직이는 것은 무의식의 힘이 크다. 지금의 이 업이 어디서부터

시작된 결과인가, 내 무의식에는 어떤 이야기가 흐르고 있을까
더욱 편안에 이르고자 나를 살핀다. 과정이 유쾌하지 않아도
알고 나면 인정하고 나면 그래도 조금씩 나아진다. 이제는 거
울을 마주하고 내가 나를 바라보는 것이 예전만큼 두렵지 않
은 나처럼. 당신은 평생 반복하면서도 여전히 어렵고 낯선 일
이 무엇인가. 무의식에 무엇이 있어 그것과 연결되는가. 알고
나면 서서히 나아지리라 믿는다.

111

번번이 도주한다. 홀로 이겨 내야할 생의 고독으로부터 그리고 나만이 마주할 수 있는 생의 치부로부터. 그래서 원래가 홀로 버텨내야 할 것들인데 나는 자꾸 '함께' 버틸 누군가를 찾아서 그게 나를 괴롭게 하지 않았을까. 무조건적인 사랑은 부모님도 더 이상 나에게 줄 수 없는 신기루인 것을. 타인에게서 갈구하니 목마른 짐승이 사막을 뒤지는 꼴이다. 친구는 그랬다. "남에게서 끊임없이 인정을 바라고, 무조건적인 사랑 꿈꾸는 거. 원인을 파고 들다 보면 결국 끝에 마주하는 불편한 진실은 부모님과의 관계 아닐까? 어렸을 때 받아야하는 무조건적인 지지와 이해, 사랑, 신뢰 같은 거."

이영자씨가 과거 방송에서 그런 이야길 했다. 세상을 이기는 힘은 어릴 적 사랑을 많이 받아야 생기는 거라고. 사랑을 많이 받은 아이들이 세상을 이기는 힘을 가지고 있다고. 나는 자꾸만 세상에 진다. 세상 앞에 넘어지고, 부서지고, 그리고 번번이 도주한다. 사랑, 그때 채워지지 못한 사랑을 홀로 채우고 홀로 이겨내야 한다는 걸 받아들이는 연습을 한다. 어쩌겠는가? 그 시간은 흘러버렸고 나는 이미 세상에 던져진 존재인 것을.

　나에게 주어진 좋음을 만족할 줄 아는 것. 그것이 긍정의 시발점이다. 긍정적 사고도 능력 중 하나라 생각했던 나는 '좋음' 가운데서 '모자람'을 찾고 '편안함' 가운데서 '불편함'을 찾는 사람이었다.

　"사람은 대개 어떤 사람을 미워하는지 아니? 자신이 싫어하는 스스로의 모습을 타인에게서 발견할 때, 그 사람을 더욱 미워하게 돼." 긍정의 밝음보다 걱정과 불안의 어두움 속과 가까웠던 나는 같은 색의 사람을 귀신같이 알아보고 '나'를 인지하듯 미워하고 피해 다녔다. 주제와 깜냥도 모르면서 애타게 나와 반대인 사람들을 찾아 헤맸는지도 모른다.

　'주어진 좋음'을 만족하는 그들. 그들 속에 섞이면 내 색깔도 천연히 밝아지리라 기대하면서. 좋은 사람들을 곁에 많이 두는 것. 아니, 한 사람이라도 좋으니 함께 밝아지고 함께 좋음을 만족하며 응원할 수 있는 사이가 있다면 그것으로 하루, 한 달, 일 년을 살게 할 수 있다. 아무리 식단과 운동을 반복해도 나아지지 않는다며 낙심한 나에게 "그레도 수명은 늘어났을 거야." 그 안에서의 좋음을 찾아주는 내 친구의 말처럼 긍정도 전염이다.

113

마음을 담는 그릇이 내 얼굴과 몸이라면, 마음을 가꾸는 일보다 그릇을 예쁘게 닦는 일이 중요한 걸까? 마음은 말 그대로 무형의 것이라 유형의 구체적 사물에 담기지 않으면 혼자서는 나타낼 수 없으니 그러므로 우리들은 겉으로 드러나는 <그릇>들에서 벗어날 수가 없는 건 아닐지도 모르겠다.

그렇다면 마음이 담기는 그릇에는 나의 얼굴과 몸만 있는가? 내 성격과 품성, 생각과 가치관이 드러날 수 있는 수단이라면 모두 그릇이라 볼 수 있을 것이다. 가령 그 사람의 목소리, 말투, 억양, 강세, 자주 입는 옷 스타일, 평소 자세, 걸음걸이, 머릿결, 향기 등 하나의 마음을 우리는 수많은 그릇에 담아 나를 드러내고 산다. 이 가운데 어떤 그릇에 조금 더 애를 쓰고 있는 가에 따라 사는 모습이 달라 보일 뿐이다. 그리고

'나는 또 타인을 볼 때 어떤 그릇을 가장 중점으로 보는가' 하
는 것도 각자 다른 것인데, 난 그 가운데서도 가장 마음에 맞
닿아 있는 그릇을 보고자 애쓴다. 선함이 묻어나는 말투, 차
갑지 않은 눈빛으로 동물을 바라보는 시선, 정갈하고 친절한
몸 사위 그런 것 말이다.

114

"다 가질 수가 없는 거야." 갖고 싶다고 해서 모두 내 손 안에 넣을 수 없다는 건 일곱 살 꼬마 때부터 익혔을텐데 욕심이란 욕망이라는 감정은 나이가 들어서도 손을 맵게 만든다. 가진 장난감이 많은데도 새로운 장난감을 보면 갖고 싶어 했던 마음처럼. 지금 내가 가진 많은 것에 만족하지 못하고 오히려 내 손에 없는 것을 바라보고만 있는 것은 아닐까. 아마도 그토록 원하던 것을 가지고 나면 또 다른 못 가진 것에 눈을 돌리겠지. 진정 원한다는 것은 무엇일까. 단순히 채움의 수단으로 마음을 움직이는 수단일까. 그래서 스스로에게 자주 질문을 해본다. '왜 갖고 싶은가. 왜 되고 싶은가. 왜 이것이어야만 하는가. 왜 그 사람이어야만 하는가. 가지면 어떨 것 같은가. 이루면 어떻게 될 것 같은가. 가지고 이뤘을 때 내 모습은 어떠할 것인가.' 무턱대고 순간의 감정에 의해 구멍 난 빈속을

장난감으로 채우기엔 궁상맞은 어른이 되었으니, 진정 원함과
만족의 의미를 아는 것이 그리고 나에게 있어 '득' 다음 단계
는 무엇인지 알아차릴 혜안을 기르는 것이 좋겠다.

115

"똥인지 된장인지 찍어 먹어봐야 아니?" 모든 것들을 다 경험하지 않아도 듣고 보면서 체득한 것들을 바탕으로 예상하여 피할 수 있는 일들이 있었다. 충분히 '감'이라는 게 생기고도 남을 나이니까. '이거 되게 쎄- 한데?' 싶으면 어김없이 어긋나는 일들이 생겼으니 그런 경험으로만 봐서도 이제는 조금 아니다 싶을 때 재빨리 몸을 사릴 법도 한데 말이다. 여기까지가 머리로만 아는 <지식>에 해당한다면 실제 행동하는 나의 사고는 '쎄- 하긴 한데 그래도 혹시 모르지. 다를 수도 있지. 믿어보자.' 또는 조금 아니다 싶어도 전보다 내가 단단해졌다고 믿으며 나는 감당할 수 있다고 여긴다. 우매하기 짝이 없다. 김이 폴폴 나는 뜨거운 주전자에 김이 나는 걸 알면서도 맨손으로 만져보는 것과 같다. 끝을 확인해야 끝났다는 걸 인정하고, 뜨거운 컵을 뜨겁다고 느끼면서 내려놓지 못한다. 그 마음의 중심에는 무엇이 있을까. 무엇이 자꾸만 남들은 피해 가는 가시밭길을 자초해서 걷게 하는 걸까. 혜안은 실천이 따를 때 비로소 가치 있는 지혜의 덕목일 것이다. 보이지만 행하지 못한다면 보인다 할 수 있을까.

116

그냥 다 자기식대로 사는 사람일 뿐이다. 좋은 사람도 아니고 나쁜 사람도 아니다. 그냥 자기만의 방법으로 자기만의 생활 방식대로 자기 말버릇으로 사는 것이다. 그것을 내가 어떻게 받아들일지 선택하는 것이 중요하다. 그 사람의 하나가 아쉬워서 고쳐줬으면 하는 마음. 그건 내 식대로 상대를 바꾸려는 이기심일 뿐이다. <별 일 아니다>라는 마음이 간절하다. 애써 비장해질 필요도 없다. '너는 너 나름대로 살고 있구나. 나는 내가 할 일을 해 나가야지.' 쯤으로 생각하면 된다. 자꾸만 내 삶의 조각으로 끼워 넣지 않으려 노력해야 한다. 그 기대가, 그 희망이 영혼을 살살 갉아먹고 있으므로 무소의 뿔처럼, 그물에 걸리지 않는 바람처럼, 별일도 별일 아닌 것으로 여기며 지내고 싶다. 고통은 피할 수 없지만 그 와중에 괴로워할지 말지는 스스로의 선택이다. 나는 매번 괴로움을 선택하면

서 어찌 상대에게는 늘 너그러움과 행복을 바라는가. 괴로움
도 습관이다.

117

"언젠가 발이 땅에 닿을 날이 있을 거야. 지금 네 감정의 주인이 되는 날이 올 거야. 그러니 멈추지 말고 계속해서 마음을 들여다보렴." 난 대단한 도인이 되고 싶은 것도 아니고, 세사와 번뇌를 초탈한 종교인이 되려는 것도 아니다. 그저 내 마음 하나 돌보고 간수 잘 하고 싶어 시작한 일이다. "왜 너는 너를 가장 마지막에 두니?" 피해를 입은 건 나지만 상대의 눈치를 살피고 착한 아이로 보이고 싶은 건지, 인정 욕구에 목이 말랐는지 자꾸만 나의 순번은 뒤로 밀리고 있었다. 혹자는 사랑이 많아서 네가 그렇다 한다. 소위 '퉁 치는 이야기'이다. '그래 그렇다 치자.'라는 식의 어물쩍 넘어가는 이야기. 그럴수록 더 정확히 착지하기 위해 힘겨움을 무릅쓰고 마음을 들여다본다. 두 발을 단단히 바닥에 디디고 서기 위해 힘을 기른다. 아무도 대신해줄 수 없는 일이다. 이제라도 나를 마주할

수 있어서 참 다행이다. 평생 모르고 살았다면 그건 축복이었
을까, 불행이었을까.

118

친구의 일기장을 훔쳐봤다. <하나마나 한 말은 하지 말라는 말, 신중하게 말하려면 길게 말할 수 없다는 것> 그 녀석의 문장 안에 갇혀 길고 더러운 내 혀를 맴맴 굴려보았다. "올라오는 감정은 어쩔 수가 없었어." 부러움, 소외감, 억울함 하찮고 작아지는 기분. 난 누군가에게 번외편은 아닐까 했던 시간들 "아, 올라오는 건 어쩔 수 없구나. 그렇게 생각하지 말아야지. 그런 생각하지 말자." 라는 다짐에는 이제 더 이상 힘이 없다. 아무렇게나 쌓아올린 장난감 블록처럼. 툭- 건들면 와장창 무너질 것처럼 살았다. 그래서 내뱉고 행동할 수밖에 없었나. 올라오는 감정은 어쩔 수 없지만 그것을 꼭 말과 행동으로 옮길 필요는 없다. 대부분 하나마나한 것이었으니 아니, 안 하니만 못한 것들이 대개 많았을 것이다. 녀석은 덧붙였다. "똥이 싸고 싶다고 해서 그 자리에서 당장 싸지 마라." 올라오

는 건, 배출하고 싶은 건 내 죄가 아니다. 그런데 한 번은 생
각해볼 일이다. 아무 것도 하지 않아도, 일일이 내뱉지 않아도
괜찮다는 것.

119

다소 자극적이고 직관적인 말이었다. 아침 댓바람부터 때린 사람은 없는데 혼자 쥐터진 사람처럼 눈물바람으로 우는 나에게 그는 말했다. "제발 똥 싸는 데서 밥 먹지 말라고!" 더러운 곳, 말이 통하지 않는 곳, 이해관계만 다분히 남아서 자기 것만 챙겨 내면이라곤 하등 쓸모없어지는 그런 곳을 그는 <똥 싸는 곳>이라 칭했다. 그런 사람들에게 인정을 바라고 "우리 내면을 함께 나누어 봐요. 제가 잘 해줄게요." 이렇게 밥상 차리고 있으니 밥이 목구멍으로 넘어갈 리가 없었던 것이다. 누울 자리 잘 보고 발 뻗고, 사람 잘 골라서 마음을 나누고, 똥 싸는 곳에선 나도 같이 똥 싸고, 맛있고 따뜻한 밥 먹는 곳에선 내가 더 베풀고 맛있게 식사는 것. 이 쉽고 간단한 이치가 삶을, 관계를 단순하고도 어렵지 않게 만드는 방법이었다. 분별력을 기르는 것이 중요하다. 어느 때나 결국 분별력이 나를 천국과 지옥사이에서 그 어딘가로 데려다 놓았으므로. '똥인지 된장인지 구분 잘 하라는 말' 어쩌면 행복의 지도일지도.

비장해지지 말 걸 그랬다. 비장하게 마음먹은 일들은 다른 때보다 힘이 많이 들어가고 기대치를 한껏 높여 놓았다. 아, 아니 비장하지 않은 적이 있긴 했을까. 잘 하고 싶은 욕심에 인정받고 싶은 마음에 오래 이어가보고 싶은 마음에 누구라도 조금의 긴장은 안고 살 것이다. 그러나 이 '비장함'이란 내 어깨에 커다란 돌덩이를 쌓아올리고 꾸역꾸역 버텨내다 결국 돌에 짓이겨지는 그런 나를 만들어냈다. 언젠가 쓴 적이 있었지. 해야 할 일을 계속 미루는 일은 더 잘하고 싶어서라고. 미루면 미룰수록 비장해지고 어깨 위에 스스로 쌓아올린 돌의 무게는 자꾸만 무거워진다. <비장함>의 반대는 뭘까. 비장하게 사는 것이 온몸에 힘주고 나락으로 떨어질세라 혈혈단신으로 앞뒤 볼 여유 없이 정진하는 삶이라면 그래서 실패의 수렁이 더욱 깊고 암흑 같다면. 그 반대란 덜 대견해도 좋고 아무도 알아주

지 않아도 좋고 다음이 없어도 괜찮으니 가벼운 마음으로 발
한 번 담가보는 일이 아닐까. 왜 사냐 물으면 '그냥 사는 거지'
답하는 그녀처럼 단순하고 가볍게, 덜 비장하게 사는 자세가
필요하다.

121

"가만히 보면 다 거기서 거기라니까? 유독 남 앞에 서면 긴장하게 되고, 날 잘 봐줬으면 좋겠다는 마음. 어떨 때는 내가 한 없이 작은 사람처럼 느껴지기도 하지. 근데 그거 다 스스로가 만든 환상인거야. 비교는 자꾸만 나를 나락으로 빠트리고 '더 잘 해서 난 성공할거야, 더 나아질 거야, 쟁취할거야.' 라는 의욕은 성공의 함정에 발목 잡히게 만들지도 몰라. 항목마다 세분화해서 줄 세워보면 부족한 것 없는 사람 단 한 명도 없어. 인정을 안 해서 그렇지. 아니, 들여다보려고 하지 않아서 그렇지. 약한 부분 없는 사람이 어디 있겠어. 그러니까 쫄지 말자. 세상 앞에 너무 자주 나약해지진 말자. 대단할 거 하나도 없더라. 걔도, 너도, 나도. 다 비슷하게 산다. 그리고 뭘 자꾸 더 하려고 하기보다 '왜 자꾸 하려는가' 생각해보는 건 어떻니? 가만히 흘러가는 것을 바라볼 줄 알면 정말 잡아야 할 순간에 손을 더 쉽게 뻗을 수 있을지도 몰라."

122

잘못하고 있으면서 잘못한 줄 모르고, 화를 내고 있으면서 화낸다고 생각하지 않고, 틀렸으면서 틀린 줄 모르고 산다. 술에 취한 사람에게 술 취했냐고 물으면 취하지 않았다고 대답하듯이, 내가 어떤지를 모르고 있어서 우리는 괴롭다. 혼자 악몽을 만들어서 꾸는 셈이다. 누가 흔들면 꿈에서 깨어나 평온한 일상을 살텐데, 안타깝게도 혼자 힘으로 걸어 나와야 한다. 괴로울 때는 그 괴로움만 보이고, 슬플 때는 그 눈물만 어둡고 뜨겁다. 억울하니까 그렇겠지. 내가 생각했을 때는 아무 문제가 없는데. 난 잘못이 없고 내가 틀린 게 없는데, 불만과 불안이 미움이 되고 원망이 된다. 그러므로 자기에 대해 객관적일 필요가 있다. 고치는 일은 둘째 치고 나에게 일어난 일을 대응하는 내 모습을 지켜보고 알아차려야 한다. 모르면서 모르는 줄도 모르면 계속해서 그 악몽을 꾸게 될 것이다. "왜 자

꾸 난 이런 일이 반복되지?” 그건 네가 모르는 줄 몰라서 그렇
다고, 그러니 주변을 살피고 마음의 관성을 한 번 쯤 거스르며
알아차려 보라고 말해주고 싶다.

123

"좋게 좋게 생각하자." 라는 말을 들으면 괜히 반감이 들어 쉽게 넘어갈 일도 심각하게 따져 물었던 때가 있었다. '좋게 생각하자.'도 아니고 무려 '좋게'가 두 번이나 반복되니 강요처럼 들리기도 했다. 긍정을 강요할 수 있나, '좋게 좋게'는 '얼렁뚱땅이나 그냥 덮어놓자.'로 들렸으니 이 역시 내 고집만 세워 아집을 버리기 싫었던 걸지도 모른다. 그런데 이런저런 일, 특히 부당하고 답답하고 억울해서 미칠 것만 같은 일을 겪으면서 여러 해 시간을 지나오니 이왕 이렇게 될 것, 좋게 좋게 생각했다면 내 마음이라도 덜 다쳤겠다 싶은 것이다. 그러니까, 긍정에도 연습이 필요하고, 노력이 필요했다. 물에 빠져서 옷이 다 젖어 짜증을 확 내버리고 종일 투덜대는 사람이 있는가하면 물에 빠진 김에 고둥도 잡고 물놀이도 좀 하고 그런 대로 즐기는 사람이 있다. 어차피 일은 일어났고 되돌릴 수 없다면 그 일이 일어난 김에 할 수 있는 일, 못했던 일을 찾아보는 것. 이것이 '좋게 좋게'의 핵심이 아닐까. 어차피 넘어진 김에 좀 쉬다 가고, 어차피 고장 난 김에 새로 구매도 하고, 어차피 헤어진 김에 자유도 즐기고, 결국 괴로움이냐 평온함이냐의 열쇠는 내 마음 안에 있다. 긍정도 연습이고 노력이다.

솔직해서　　　　비밀이

　　　　　　　　많은

　　　　　　　　인터뷰

과거에 임용고시를 준비하셨다는 사실을 알게 되었는데요, 임용고시 준비를 중단하고 작가의 길을 택하신 계기와 그 과정이 궁금합니다.

　요즘 시대의 시험이란 것이 그렇잖아요. 불확실한 미래를 저당 잡힌 채 현재를 모두 받쳐야 하는 것. 어쩌면 제가 견뎌내지 못했기에 이렇게 이야기하는 것일 수도 있어요. 현재를 희생했기에 얻어내는 안정적인 미래와 값진 꿈은 매우 황홀한 일이고 축하 받이 미땅하다는 것을 잘 알아요. 하지만 저는 그 시간을 오롯이 버텨내지 못했어요. 현재의 불안함을 견디지 못해 매일 밤 자기 전 글이라도 쓰지 않으면 하루를 덮지 못했으니까요. 그리고 그 불안은 결국 마음을 비집고 나와 몸으로 발현되어 공황장애로 나타났어요. 책을 내고 공황장애를 진단받고 그리고 임용고시를 포기하는 일련의 과정이 어쩌면 운명

같기도 했어요. '잘됐다. 공황장애 때문에 이제 공부 안할 수 있겠다.' 하고 핑계를 댔던 것 같아요. 참 신기하지요. 제 인생에 작가라는 것은 꿈에도 그려보지 않았는데, 삶은 어디로 흘러가는지 그 누구도 예측할 수 없다는 말이 참 피부로 와 닿는 요즘입니다.

작가님께서 쓰신 무너짐에 대한 이야기 중 '당신의 가장 어두웠던 시절, 그렇기에 더 밝을 수 있었던 시절은 언제였나요?'라는 질문을 읽고, 짧지만 살아온 인생을 쭉 돌아보는 소중한 시간을 가질 수 있었습니다. 작가님께도 여쭈어보고 싶습니다. 작가님의 가장 어두웠던 시절과 그렇기에 더 밝을 수 있었던 시절은 언제였나요?

제 인생에서 가장 어두웠던 시절이자 그렇기에 더 밝을 수 있었던 시절은 책을 내고부터 지금까지가 아닐까 싶어요. 다들 사회에 나갈 준비를 하며 소위 사람들이 말하는 레귤러한 직장을 찾을 때, 저는 오랜 꿈을 포기하고 책을 쓰는 작가가 되기로 결심했어요. 그렇게 3-4년이 흐르고 되돌아보니 삶이라는 게 그래요. 당장 한 달 한 달이 배고프고 불안하고, 미래가 그려지지 않아서 어두운 숲길을 홀로 걷는 것 같았는데 그런데도 신나고 재밌었어요. 교사를 꿈꾸었을 때는 저의 5

년 뒤가 그려졌었는데 지금은 제 5년 후가 그려지지 않아서 정말 기대가 되는 거예요. '난 또 지금과 다르게 어떤 사람이 되어있을까. 얼마나 더 성장해 있을까. 얼마나 많은 경험으로 깊이 있고 튼튼한 이야기보따리를 가지고 있을까.' 매일 뜨는 해가 당연하지 않듯, 우리에게 찾아오는 싱그러운 아침과 빛의 감사는 결코 당연하지 않아요. 그래서 해 뜨기 전 가장 어두운 새벽을 이제는 마땅히 받아들이려 해요. 울기도 많이 울테죠. 가슴도 많이 내려치고 원망도 많이 하겠죠. 그렇지만 삶은 흘러 갈테니까요. 비포장도로 위 수레에 타고 있어도 조금씩 앞으로 나아간다면 그걸로 된 거니까요.

내가 편애하는 모든 것들에 대한 내용을 주제로 한 권의 책을 집필하셨다는 게 신선하게 다가왔습니다. 작가님께 편애란 어떤 의미인가요?

저는 태생적으로 사랑을 많이 가지고 태어난 사람입니다. 얼핏 들으면 좋은 의미 같지만 이조년의 시조 '다정도 병인 양 하여 잠 못드러 하노라' 에서도 알 수 있듯 제게는 이 많은 사랑이 약점이었어요. 사랑이 많아서 받기보다 주는 것을 좋아하고, 상대의 거절에 여린 마음으로 눈물 지으며 돌아서는 때도 많았지요. 그런데 살다보니 그것이 두 배 세배의 큰 사랑으로 돌아올 때가 있음을 느껴요. 그래서 저는 많은 것을 편애합니다. 지나가는 아이와 눈이 마주치는 아주 사소한 순간부터 사랑하는 이와 입을 맞추는 뜨겁고 무거운 그 순간까지. 저에게 편애란 이 세상의 모든 사랑스러운 티끌과도 같습니다.

심리 글쓰기 프로젝트를 꾸준히 진행해오고 계시는데, 사람의 내면이나 심리검사에 관심을 두게 된 계기가 있으신지 궁금합니다.

언제부터였는지는 기억이 나지 않습니다. 제 마음이 남들과 다르게 불안함을 많이 느끼고 생각이 많다는 것을 알았을 때, '나는 왜 이럴까?' 하는 의문을 가졌어요. 인간은 그래요. 편한 것을 찾고 핑계대기 좋아하지요. 그래서인지 '나는 왜 이럴까?'에 대한 답은 늘 타인과 상황 속에 탓하기로 귀결되었어요. 그게 편하니까요. 나 때문이라고 생각하면 골치 아프잖아요. 그런데 그래서 나아짐이 없었어요. 상황은 늘 바뀌고 더 나아지기도, 더 안 좋아지기도 하는데 내가 변하지 않으니 모든 게 그대로인거예요. 그런 깨달음이 제 사고 방식과 행동, 내뱉어지는 말들을 추적하는 연습으로 이끌었어요. 분명 나부터 바뀌어야 한다는 걸 알았어요. '나'에 대한 관심, 덮어두고 위로하기식이 아니라 '내'가 누군지 객관적으로, 똑바로 알면 나아갈 길이 보이지 않을까 생각했어요. 그래서 글쓰기와 접목시켰어요. 남에게 말로 못하는 것들을 글로써 아무 대꾸도 하지 않는 종이에 투정도 부리고 응석도 부리면 어떨까 말이에요.

글을 쓰실 때 영감은 주로 어디에서 얻으시나요?

인생의 경험치. 제가 가장 중요하게 생각하는 단어입니다. 경험하는 모든 것은 글이 되므로 저를 지나가는 시간과 그 속의 사람들 그리고 분위기, 바람, 온도까지도 많은 것이 저를 변화하게 합니다. 인간과 자연은 모두 변하기에 작가들의 쓸거리가 무궁무진하게 업데이트 된다고 생각합니다. 제게 영감은 그러하네요. 변화하는 모든 것 그리고 변화하는 제 자신. 그리고 그 속의 경험치가 아닐까요.

작가님께선 글 혹은 글쓰기가 가진 힘이 무엇이라고 생각하시나요?

문득 생각이 나네요. 사주팔자에 관심을 가진 날들이 있었어요. 생면부지의 낯선 이에게 제 앞날을 그토록 진지하게 묻고 앉아있던 제 모습이 지금은 우습기도 합니다. 어느 곳에서 역술인이 그러더군요. "당신은 할 줄 아는 것도 없고, 평생 직업도 없을 거예요. 100만원이 필요하면 근근이 30 만원 정도 벌어서 사는 삶. 그것이 당신 인생이에요. 참 안타깝네요." 아마 저는 펑펑 울었습니다. 눈물이 났던 이유는 무엇이었을까요? 그 말을 진짜일거라 믿었기 때문이겠지요. 그날 저녁, 제 열렬한 독자이자 사랑하는 선배언니와 통화를 했어요. 역술인의 말을 그대로 옮기며 인생을 한탄했죠. 그때 언니가 했던 말이 이 질문의 답이 될까요. "현녕아, 네 글을 읽고 삶을 포기하려다 다시 마음먹고 사는 사람들, 꿈을 포기하려다 다시 시작하는 사람들, 아픈 하루를 보내고 다시 힘내는 사람들. 그 사람들은 다 뭐니? 네가 이 세상에 짓고 있는 복이 얼만데 그딴 소리에 흔들려? 네 글 읽고 위로 받는 나는 병신이니? 그런 소리에 흔들리지 말고 지금 네가 사람들에게 주는 선한 영향력을 봐. 너. 네가 짓고 있는 복만해도 그렇게 말 못해 정말."

종이에 직접 쓰신 글을 SNS에 올리시면서 다른 사람들과 소통하시는 것으로 알고 있는데요, 더 편리한 방법이 있음에도 손글씨로 소통하시는 이유가 있나요?

어쩐지 글은 글다워야 한다는 생각을 많이 해요. 기술

의 발달로 우리는 각지고 다듬어진 글자 안에서 이야기를 나누고 또 이야기를 만들어내지만, 여전히 우리 손 끝에서 만들어지는 아날로그의 힘을 믿어요. 저는 그래서 편지를, 엽서를 참 좋아합니다. 편리한 메시지가 있음에도 일주일, 이주일이 걸리는 우편엽서를 애용하는 이유도 그레요. 꾹꾹 눌러쓴 글자에 어쩐지 필자의 그 시간과 분위기, 정서가 담긴 것 같달까요. 슬픈 소식을 전하는 친구의 편지에는 그 아픔이 담겨 있고 기쁜 소식을 전하는 친구의 편지에는 어딘가 매우 들뜸이 느껴져요. 그걸 함께 디지털 세계에서 공유하고 싶었어요. 전하는 글의 의도에 더욱 제 정서와 힘을 싣고 싶어서 손글씨를 쓰게 되었습니다.

힘든 일이 있을 때 글을 쓰면 감정이 깊어져 더 힘들어지는 경우도 많은데요, 작가님께서도 글을 쓰시면서 이런 경험이 있으셨는지, 있디면 어떻게 해결하셨는지 궁금합니다.

어느 독자님도 말씀하셨어요. 부정적인 감정을 이겨 내보려고 글을 쓰기 시작했는데 글을 쓰다 보니 더 우울해짐을 느끼신다고요. 십분 이해하고 공감했어요. 그리고 잘 하고 있으신 거라 말씀드렸어요. 자기 자신을 정직하게 마주할수록 아마 그 우울은 더 잘 느껴질지도 몰라요. 원래 애지고 막막한 것이 삶의 일면인데 대부분은 그것을 보려하지 않은 채 지나가니까. 애써 들춰내니 불편할 수밖에요. 그런데 참 신기한 것은요. 무엇으로도 채워지지 않는 그 구멍을 자꾸 들여다볼수록 우리 마음은 받아들이는 힘도 커지고, 통찰력도 생기는 거예요. 깊어지는 감정을 가만히 들여다보세요. 그리고 쓰는 것을 멈추지 말고 그에 대한 질문을 자꾸만 던지시라고 이야기하고 싶어요. '나는 왜 외롭다고 생각하지?', '외로움이 뭔데? 외로움이라는 것. 너무 추상적이지 않아? 그래서 그게 어떤 건데?', '좋은 것을 공유하고 싶은데 그걸 못해서 슬픈 거? 그럼 왜 그걸 꼭 이야기하며 공유해야 하는데? 혼자 간직하면 안 되는 이유는 뭐지?' 이런 식의 사고를 추적해 가는 연습은 아마도 크게 자신을 변화시킬 거예요. 저 역시 그 과정이 있답니다. 그러니 깊어지는 감정을 바라보며 더 쓰시길 바랍니다.

작가님의 강연 포스터에서 '유서 쓰기'라는 항목을 보았는데, 혹시 유서 쓰기가 어떤 것인지, 어떤 영향을 줄 수 있는지, 왜 추천하는지 말씀해주실 수 있으실까요?

더 이상 내일이 궁금하지 않았던 날들이 있었어요. 그리고 어떤 운명의 장난으로 갑작스레 세상을 떠날 수도 있다는 생각을 하게 되었지요. 우리는 태어남과 동시에 죽음을 가지고 살아가잖아요. 인간은 죽는다는 걸 모두가 알고는 있지만, 그날이 오늘일거라는 생각 또는 그게 당장 내가 될 거라는 생각은 하지 못하지요. '갑자기 죽음이 찾아와 남은 사람들에게 하고 싶은 말을 못하고 가버린다면' 이라는 기정부터 시작이었어요. 그래서 유서를 써서 꼭 지갑에 넣어 다녀야겠다고 마음을 먹었어요. 이것은 나의 죽음으로 가장 먼저 유서를 펴볼 것 같은 사람을 호명하면서 시작해요. 저는 '아빠, 사랑하는 아빠.'로부터 시작했어요. 그리고 차마 하지 못했던 말들을 써내려갔어요. 이 프로젝트를 진행했을 때, 다 같이 많이 울기도 했었어요. 아이러니하죠? 우리는 여전히 살아있는데 유서에 쓸 내용을 지금 당장 전화를 걸어 건넬 수도 있는데 말이에요. 유서쓰기의 효용은 결국 여기에 있어요. '있을 때 말하자. 죽으면 다 소용없다. 그러니 얼른 늦기 전에 사과하고 사랑하고 용서하자고.' 유서를 쓰면 시간의 유한함을 다시금 느껴요. 지금의 소중함을 다시 또 느껴요.

'작가'로서 보내시는 일상이 궁금합니다. 작가로서 하루를, 한 달을, 나아가 1년을 어떻게 보내시나요?

쓸거리를 일부러 찾거나 고민하진 않습니다. 다만 하

루가 다 지나갈 무렵이면 다시금 돌아보는 과정을 거쳐요. 영화 어바웃타임 마지막 장면에서 남자 주인공이 하루를 다시 살아보는 것처럼 저는 아침에 눈떴을 때부터 눈을 다시 감는 순간까지 테이프를 다시 돌려보듯, 회상을 합니다. 그러면 분명 마음에 의미 있게 다가오는 일들이 분명 있을 겁니다. 그것을 글로나마 다시 정리해서 남겨보는 습관을 들이려 노력해요. 억지는 티가 나기 마련이지요. 작가로서의 일상이라는 것은 아마도 존재하지 않을 거라 생각해요. 누구나 그렇듯 평범하고 일상적인 하루를 보내고 나서 그 이후의 정리를 글로 하느냐 마느냐의 차이가 작가이냐 아니냐로 나누는 기점이 아닐까 합니다. 그것이 모이면 글이 되고 책이 되는 것 아닐까요. 그렇기에 저는 자주 이야기 합니다. 누구나 작가가 될 수 있고, 누구나 책을 만들 수 있다고요. 시작과 꾸준함의 차이가 만들어내는 결과가 아닐까 하고요.

책을 집필하실 때, 작가님께서 중요하게 여기는 것이 있으시다면 무엇인가요?

책을 만들 때, 표지 디자인도 제목도 물론 중요하지만 가장 기본이 되어야 할 것은 '글'이라 생각합니다. 좋은 글이란 대체 무엇일까 오래 고민을 해왔고 지금도 여전히 고민합니다. 좋은 글이라함은 먼저 읽기 쉬운 글이어야 합니다. 9살 꼬마 아이도 이해하고 80세 노모가 읽어도 이해할 수 있는 문장이어야 합니다. 미사여구가 화려하지만 알맹이가 없는 글보다 투박하지만 술술 읽히면서도 서의를 다시 곱씹을 수 있는 글이 좋습니다. 또한 좋은 글은 그로 인해 그 누구도 다치거나 상처받지 않는 글입니다. 그렇기에 타인의 아픔이 글의 소재로 쓰여선 안 된다고 생각합니다. 앞으로 좋은 글에 대한 저만의 기준이 더 늘어나겠지요. 좋은 글을 쓰기 위해 더 많이 경험하고 부딪히며 이야기보따리를 크게 만들어 가고 싶습니다.

책을 고를 때 중요한 요소 중 하나가 책 제목이라고 생각합니다. 특히 작가님의 저서 대부분의 제목이 인상 깊고 책에 한 번 더 눈길을 가게 하는데요, 작가님께서 제목을 정하시는 과정과 영감의 원천은 어디인지 궁금합니다.

서점에 가서 책을 고를 때 우리는 가장 먼저 제목을 봅니다. 1차 예선전이지요. 제목을 보고 안을 들여다볼지 말지를 결정해요. 책 속의 내용이 아무리 좋아도 제목에서 손이 가지 않으면 그 책은 선택권조차 박탈되어요. 그만큼 '판매'에 있어 제목이 중요한 부분인건 부인할 수 없지요. 그래서 제목에 조금 더 힘을 실어야 하는 것은 마땅하다 생각되어요. 지금까지 낸 책 모두 원고를 탈고한 이후에 제목을 정했습니다. 독자분들이 책 한 권을 모두 읽고 나서 제목을 다시 봤을 때, 그 내용을 다시 상기시킬 수 있으면 좋겠다는 마음으로 제목을 지었어요. 그리고 제목 자체로 강한 메세지를 줄 수 있으면 했어요. <순간의 나와 영원의 당신>을 지었을 때는 '순간의 휘발성'에 크게 방점을 찍었어요. 그래서 흘러가버리는 지금 이 순간에 충실했으면 하는 의미를 담았어요. <나는 당신을 편애합니다> 역시 그래요. 인간은 비교우위를 통해 효과적으로 사물의 가치를 드러내고 싶어 하잖아요. '편애'는 내가 좋아하는 것을 다른 무엇과 비교하여 드러내기에 더없이 좋은 단어로 다가왔어요. 늘 부정적인 단어로만 쓰였던 '편애'가 이렇게 좋은 의도로 사용될 수도 있겠다 하는 마음으로 지었어요. 그리고 책을 덮고 나서 각자가 편애하는 것은 무엇인지 떠올려볼 수 있으면 했답니다. 제목을 정할 때는 내가 서점에 갔을 때, 이 제목이면 한 번 읽어보겠다. 싶은 것으로 정해요. 제목이든 글이든 나부터 만족해야 내놓을 수 있으니까요. 그러기 위해서는 <편애>처럼 사고의 전환에 집중하기도 한답니다.

출간하신 책 중에 가장 애정 하는 책이 있으시다면 무엇인가요? 그리고 그 이유도 궁금합니다.

지금까지 총 네 권의 책을 냈어요. 그래도 그 가운데 가장 애정이 가는 책은 <순간의 나와 영원의 당신>이에요. 제가 이 세상에 처음 낸 책인데요. 이 책은 독립출판물로 먼저 출간 되었었어요. 흑백 사진의 표지에 다홍빛 제목이 여전히 눈에 선한 책이에요. 이 책은 제 인생의 터닝포인트가 되어주었어요. 제가 스스로 무엇인가 만들 수 있다는 결과물이 되어주기도 했고요. 이 책을 통해 기성출판으로 나아갈 수도 있었어요. 여러 가지 의미에서 세상과 연결시켜주는 다리 역할을 했던 것 같아요. 특히 이 책 마지막 부분에 독자와 직접 연결이 될 수 있는 메세지를 남겨두었는데, 제 이메일 주소를 쓰고 책을 읽은 뒤 소감을 메세지로 보내주시면 계절마다 한 분을 초대하여 식사를 한다는 내용이었어요. 그런 계기로 네모난 종이가 아니라 두 눈을 마주치며 감사함을 전할 수 있는 독자분들을 만날 수 있어 참 좋았습니다.

기억에 남는 독자가 있으신가요?

기억에 남는 독자는 이제 모두 독자가 아닌 친한 지인

들이 되었어요. 인연은 참 신기하지요. 한번은 경주 어서어서 서점에서 사인회를 했었어요. 12월 24일 크리스마스 이브였는데 비가 억수처럼 쏟아지던 날이었어요. 손님이 바글바글한데, 제가 누군지도 모르는 분들이 한편에 이름표를 달고 앉아 있는 저를 무심히 쳐다보고 지나가시는 서로 뻘쭘한 상황이었지요. 그렇게 한참을 앉아있는데 사람들 사이로 가녀린 여자분이 상기되고 수줍은 얼굴로 제 앞에 다가와 섰어요. "작가님 팬이에요.." 라면서 꾸깃꾸깃 모서리마다 접힌 책을 불쑥 내미셨어요. 성함을 여쭙고 사인을 해드린 다음, 일어나서 그 분을 꼬옥 안아드렸어요. 감사하고 반가워서요. 그런데 그분 어깨에서 옅은 떨림이 느껴졌는데 아마도 눈물을 흘리고 계셨나봐요. 조금 더 오래 껴안아드렸어요. 그랬더니 본인도 공황장애를 앓고 있다고, 얼마나 작가님이 힘드셨는지 안다고 하더라고요. 바깥은 차가운 비바람이 불고 서점 안은 사람들로 북적이는데 우리 두 사람만 고요한 사막에 앉은 것 같았어요. 겪어보지 않은 아픔에 대해 함부로 이야기하지 말아야 한다고 하지요. 하지만 우리 두 사람은 그 순간 서로의 시간을 수고했다, 수고했다 토닥여줄 수 있었어요. 그 고통을 너무도 잘 알기에. 공감의 힘은 그토록 무섭고 뜨거운 것이에요. 그날 그 친구가 준 편지와 루돌프 수면 양말 그리고 핸드크림은 두고 두고 그녀를 떠올리기에 완벽했어요. 벌써 2년이 지난 일이네요. 다음 주 월요일 점심을 함께 할 그녀에게 다시 한 번 고맙다는 이야기를 전해야겠어요. 이외에도 책이 이어 준 소중한 인연들을 떠올리니 제가 쓴 책들에게도 참 감사한 순간입니다.

지금까지의 작가 활동을 되돌아봤을 때, 작가로서 가장 행복했던 순간은 언제이셨나요?

저는 선한 영향력의 힘을 믿어요. 그래서 저라는 사람이, 제가 쓴 글이 선한 영향력을 가졌으면 좋겠다고 늘 바라는데요. 사람들이 제 글을 읽고 힘든 시기를 잘 버텼다고 할 때, 위로가 되었다고 이야기 해주실 때 행복함을 느낍니다. 누군가에게 도움이 될 수 있어서 감사하고 또 사람들이 해주는 이야기에 역으로 위로 받을 수 있어 고맙습니다. 어쩌면 행복함이라기보다 다행스러움일 수 있겠어요. 나 혼자 어두컴컴한 터널을 지나는 것이 아니라 우리가 같이 걸어가고 있다는 것. 그것이 공감이자 위로여서 다행일 때가 많아요. 내가 먼저 터널을 지나와서 힘을 줄 수 있고, 같이 걷자고 손 잡아줄 수 있는 게 제 글이어서 다행이자 행복이라 느낍니다.

'내 안의 힘을 키운다는 것'은 어떤 의미가 있나요? 이별, 불합격 등 우리가 쉽게 흔들리는 것들에 대해 저항하는 힘인가요?

내 안의 힘을 키운다는 것의 의미는 '마음의 회복력'을 키우자는 것과 같습니다. 저항의 힘은 굳고 단단합니다. 살아가다보면 우리가 저항할 수 없는 것들이 더욱 많습니다. 병에 걸리는 것, 아무리 열심히 해도 좋지 않은 결과, 내 마음대로 되지 않는 사람 관계, 이별 등이 그렇지요. 그것들에 우리는 애초에 저항할 수 없을 뿐만 아니라, 저항하려 할수록 생채기를 얻게 될 때가 많지요. 그래서 탄력적이어야 합니다. 여기서 말하는 탄력은 회복력을 말하는데요. 예를 들어 우리가 살면서 아프지 않을 수는 없잖아요. '나는 아프지 않겠어! 절대 아프지 않을 거야!' 라는 마음보다는 병이 찾아왔을 때 어떻게 하면 빨리 나을지 고민하는 마음. 다시 제자리로 돌아가려는 탄력적 회복력이 중요한 것이지요. 우리는 때로 운명에 순응하며 살아가는 존재입니다. 주어진 대로 흘러가며 그 속에 닥쳐오는 불운과 슬픔으로부터 제자리로 돌아올 수 있는 힘. 내 안의 회복력을 키워가고 싶습니다.

작가님의 글을 읽었을 때 그 순간의 감정들에 충실하다는 느낌을 받았습니다. 하지만 반대로 평정심을 잃고 싶지 않아 순간의 감정을 회피하는 사람들도 많이 볼 수 있는데요, 어떻게 하면 감정에 성숙해질 수 있을까요?

우리가 왜 감성에 성숙해져야 하는지 스스로 먼저 질문을 던져야 할 것 같습니다. 감정을 회피하고 살아도 아무 문제없는데 왜 감정에 충실해야하지? 라는 질문에 답을 내릴 수 있는 사람이라면 충실해질 것이고 그것은 감정의 성숙으로 이어지겠지요. 저 같은 경우, 놓치고 싶지 않은 것들이 많았습니다. 그래서 순간순간을 사진 찍듯 기록해두기 시작했고요. '감정의 객관화'의 연습이 잘 되어 있으면 우리는 한낱 타올랐다 꺼지는 감정 앞에 조금은 여유로울 수 있습니다. 감정을 객관화하기 위해서 먼저 충실히 느껴보는 것이 필요하겠지요. 마치 내 것이 아닌 것처럼 느껴보는 거예요. 유체이탈 아시죠? 내 영혼이 빠져나와 나를 바리본다고 상상해 봅시다. '너 지금 맛있는 것 먹어서 기분이 매우 좋아 보여. 행복하지?' 라고 잔잔한 감정에서부터 시작합니다. 극도로 화가 났을 때도 이 과정이 자유롭다면 아마 자기감정을 회피하지 않고, 감정의 성숙을 이룰 수 있지 않을까요. '지금 표정을 보니 화가 많이 났구나. 뭐 때문에 그리 화가 났니?'라고 자기 자신에게 말 걸 수 있는 단계가 오면 분명 자신에게도 큰 변화가 이루어져 있을 거예요.

스스로 가진 생각과 감정을 추적하고 이를 잘 풀어서 전달하는 것이 꽤 어려운 작업이라고 생각합니다. 이러한 과정에서 어려움을 겪는 사람들에게 도움이 될 만한 조언이 있을까요?

우선 솔직해야겠지요. 인간은 솔직하기가 참 어려워요. 자기 자신도 속일 때가 많으니까요. 그래서 글을 쓸 때만큼은 의식적인 노력이 필요하다고 생각합니다. 내가 왜 그런 생각을 했고, 그 말을 내뱉었는지, 이 감정을 느끼고 있는 이유는 무엇인지 사고를 추적해 가면서 솔직해져야 합니다. 그리고 답을 한 가지에서 그치지 말아야 해요. 끊임없이 의심하고 수 십 가지, 수백 가지의 가지치기를 해나가야 합니다. '내가 지금 이 일을 하고 있는 이유는 무엇인가?'에 대한 답을 단순히 '돈 벌기 위해서'라고 끝내선 좀처럼 변화를 보기 어렵겠지요. 더 가보는 겁니다. '그럼 돈을 왜 벌어야 하니?' , '너한테 돈은 뭐니?' 그러다보면 그 과정에서 운이 좋으면 진짜 나를 만날 수도 있겠지요. 시간이 많이 들 수 있어요. 그러니 여유를 가지고 자기감정을 정리하여 글로 만들어야 합니다.

(젊음이 묻습니다 인터뷰 중)

손현녕

불안을 잠재우기 위해 글을 쓴다.

글의 가닥과 가닥이 매듭을 맺어

불안으로부터 벗어나는 밧줄이 되어 주길 바란다.

그 밧줄의 끝에는 행복이 기다리고 있으리라 믿는다.

<순간의 나와 영원의 당신>

<나를 더 사랑해야 한다 당신을 덜 사랑해야 한다>

<나는 당신을 편애합니다>

<이토록 안타까운 나에게>

인스타그램 @momentary_me

너무　　　　솔직해서

　　　　　비밀이

많군요

초판 1쇄 발행 2021년 8월 10일
초판 3쇄 발행 2022년 4월 20일

지은이 | 손현녕

펴낸이 | 손현녕
디자인 및 편집 | 김현경 @warmgrayandblue

펴낸곳 | 테라포트
출판 등록 | 2021년 7월 14일 (제2021-000010호)
전자우편 | momentarymee@naver.com
인스타그램 | @momentary_me

ISBN 979-11-975465-0-1 (03810)

많군요